内斯比特
儿童幻想
小说

水巫

WET MAGIC

［英］伊迪丝·内斯比特 / 著
［英］哈罗德·罗伯特·米勒 / 绘
魏思颖 / 译

浙江少年儿童出版社·杭州

目 录

第一章 ## 美丽的萨布丽娜

一切的开始，是从孩子们听说了要去海边的事儿。这事也不知到底什么时候能成，孩子们盼啊盼，却总也盼不到。就像是苏克赛斯的大道一样，走着走着就变成了小路，再走着走着又变成了羊肠小道，最后就变成了一片灌木丛，里面点缀着风铃草和绿草，还有小兔子蹦来跳去。

孩子们一直在掰着手指头数日子，盼着"那一天"快点到来。伯纳德还专门拆了白色沙滩鞋的包装盒子，用硬纸板做了个日历。他用红墨水画线，把每周分隔得清清楚楚，又用蓝墨水把日子写了上去。每过一天，他就用一根不小心从存钱罐里掉出来的绿粉笔，把那个数字划掉。离"那一天"还有将近两周呢，玛维丝就把娃娃的衣服全都洗干净、熨烫平整了。她这个做法自然是又体贴又有远见的，但凯特琳就有点不开心了。她年纪要小得多，还是比较喜欢娃娃原来脏兮兮的样子。

"好吧，你要真喜欢这样，"玛维丝站在熨烫板前面，又热又心烦，说道，"那我以后再也不帮你洗东西了，脸都不帮你洗哦。"

凯特琳想了想，觉得这样倒也可以忍受。

"可是，能给我留一个吗？"她最后还是屈服了，说，"就留个最小最小的？把爱德华大人留给我吧。它的半边头都没有了，让我给它裹个干净手绢当小裙子吧。"

这下玛维丝没有办法拒绝了，所有东西她都洗了，唯独没洗手绢。就这样，爱德华大人穿上了白色的小裙子，而其他娃娃则被排成了一排，好好地放进了玛维丝角柜的抽屉里。然后，玛维丝和弗朗西斯就总凑在一起，秘密商量事情。弟弟妹妹问起来，他们就说："这是秘密，到时候你们就知道了。"就这样，大家都很是激动了一段时间。然而，等"那一天"到来的时候，他们发现那个秘密不过是一个空的大水族箱——两个大孩子凑了凑钱，在老肯德路买的。两人踉踉跄跄地把水族箱从门口顺着小路搬进屋里，又热又累。

"可是，你们买这个干吗呀？"大家围在桌子边看水族箱时，凯特琳问道。

"装上海水，"弗朗西斯解释道，"然后养海里的海葵呀。"

凯特琳高兴地说道："对哦！可以养小螃蟹、海星、小虾和黄海螺，所有海边有的小动物都可以养。"

"我们可以把水族箱放在窗户前面。"玛维丝说，"屋子肯定会变得很美。"

"然后，没准那些伟大的科学家先生们路过的时候，比如达尔文、法拉第，看见我们的水族箱，觉得我们的水母棒棒的，就会免费教弗朗西斯！"凯特琳满眼放光，充满期待地说。

"可是，你们怎么把水族箱运到海边去呢？"伯纳德问道。他双手撑着桌子，冲着水族箱使劲儿哈气，弄得水族箱上雾蒙蒙的一片，"水族箱太大了，放不进箱子里呀。"

"那我们就抬着去。"弗朗西斯说，"根本不是问题，今天就是我抬回来的。"

"我们得坐车去。"耿直的玛维丝说道，"这样我还得帮你抬上车。"

"我觉得，他们根本不会让你带去海边的。"伯纳德给大家泼了盆冷水。要是你们知道大人是什么样的，就该晓得，伯纳德说得对极了。

"带水族箱去海边？胡闹！"他们会这么说，"为了什么啊？"虽然是个问句，但他们并不想听你的回答。这个家里的大人，就是艾妮德姑妈。

弗朗西斯对水十分着迷。他还是个宝宝的时候，只要一把他放进浴盆里，立刻就不哭了。他刚四岁的时候失踪了整整三个小时，警察把他送回家的时候，说找到他时，他正坐在威灵矿场前面的马槽里，从头到脚湿透了，还直乐，逗得拿着大瓶啤酒的马车夫们哈哈大笑。马槽里只有一点点水，其中最健谈的那个马车夫说，这孩子一开始就全身湿透了。他和主人看孩

子那高兴劲儿，觉得他待在马槽里应该是很安全的，尽管当时天气不好，他们那帮大男人还在讨论些少儿不宜的东西。

弗朗西斯真是爱极了水，不管是烂泥塘，还是用一浴缸水就能发动起来的复杂机器，他都爱。可遗憾的是，他从来没去过海边。每次想去，都会因为莫名的原因去不成。度假地永远是绿野，虽说有河有井有池塘，河很宽，井很深，但那些都是淡水，旁边还长着绿油油的小草。大海最迷人的地方，就是你站在海边，是看不见对面有什么的。从古至今，很多人写过关于大海的诗，而读诗也是弗朗西斯的一大爱好。

之所以要买这个水族箱，就是因为弗朗西斯想借这次去海边的机会，将大海永远留在身边。他想象着水族箱正中间装着一块真正的石头，上面趴着海葵和帽贝，长着黄色的蔓长春花和海草。还要有那种金色银色的小鱼（这些小鱼并不住在海里，但弗朗西斯不知道），在水草的阴影里轻快地游来蹿去，一定会像烟花一样好看。他把一切都想好了，包括盖子该怎么做。那一定要是一个很轻很轻的盖子，中间有一层橡胶，就像螺旋口瓶子上那种，可以在回家的路上把海水好好保存在水族箱里。到时候，车站的搬运工和车上的乘客都会用羡慕的眼神看着他。可现在，姑妈却告诉他，不准把水族箱带去。

他跟玛维丝抱怨了一会儿，玛维丝表示她也觉得很可惜。

玛维丝安慰人可不是只说说"很遗憾"，却什么也不做。有时候哪怕只能让事情变好一丁点，她也会努力去想办法。她对弗朗西斯说："我们在里面放上水，然后放些沙子和水草，养些小金鱼，怎么样？我去找伊莉莎，让她放点蚂蚁蛋进去当鱼食。这样，我们去海边玩的时候，小金鱼就不会饿死了。"

弗朗西斯听了这番话，觉得很有道理。说干就干，很快，水族箱里就装上了水。结果，装满水的水族箱实在是太沉了，四个孩子用尽全力也没能搬动。

"没关系，"孩子头玛维丝说，"咱们把水倒掉，把水族箱搬回客厅，然后再用罐子把水一趟一趟运过去，这样就行了。"

本来这样是行得通的，可惜孩子们刚运回第一罐水就被艾妮德姑妈发现了，她立刻制止了他们。

"胡闹，"她大喊道，"我才不会让你们浪费钱去买鱼呢。"

孩子们的母亲已经先行去了海边，为孩子们收拾屋子去了。临走前，她嘱咐道："不管艾妮德姑妈说什么，你们都要照做。"当然，他们也没法反抗。母亲还说："不许跟姑妈顶嘴。"这样一来，他们连告诉姑妈她想错了的机会都没有，其实他们根本就不是在胡闹呀。

事实上，艾妮德姑妈跟他们并没有血缘关系，只是奶奶的一个老朋友。在这个家里，孩子们都喊她姑姑，她享受着各种特权，还有着非同一般的权威。她的年纪比别人家的姑妈大得多，却没有人家一半的温柔。她对孩子们可严厉了，大家从不亲昵地喊她姑姑，而是喊她"艾妮德姑妈"。听到这样的称呼，他们之间的关系应该就很好懂了吧。

于是，水族箱就这么干巴巴地立在那里，让人看了心里十分难受。之前挂在箱壁上的几滴水，也很快追随其他水兄弟们去了。

就算一滴水也没有，水族箱依然那么美。跟别人家的水族箱不一样，这个水族箱可没有丑陋的红铅线和铁架子，而是一整块晶莹剔透的大玻璃，微微泛着点绿。你要是俯下身子，会发现水族箱里就像真的有水一样。

"我们放点花进去吧，"凯特琳提了个建议，"假装花花们是海葵呀。弗朗西斯，你觉得怎么样？"

"随你吧。"弗朗西斯说，"我要去读《水宝贝》了。"

"那我们去采花吧，回头一定给你个大大的惊喜。"凯特琳高兴地说道。

弗朗西斯没有回话，端端正正地坐了下来，两手撑着脑袋，读起了平摊在桌上的《水宝贝》。其他孩子决定让他静静，于是一个接一个悄悄溜了出去。没一会儿，玛维丝回来了，说："弗朗西斯，你不介意他们放花进去吧？你也知道，他们是为了让你开心。"

弗朗西斯恨恨地说道："我都说了，我什么都不在乎。"

于是，另外三个孩子很快就把水族箱打扮好了。这下，水族箱简直是美轮美奂了。你要是弯下腰，从侧面看过去，这个水族箱简直可以媲美真正的水族箱了。

凯特琳从假山背面拿了点煤渣，这样大人就不会发现假山少了几块。然后玛维丝把这些煤渣堆了起来，在水族箱里堆了个拱桥。他们还找来了一丛丛高高的草，小心地摆好，看起来跟海草一模一样。伯纳德求了厨子半天，才弄到了她用来擦厨房桌子和碗柜的洗银沙。玛维丝拆了罗伯特叔叔去年圣诞节送她的澳大利亚贝壳项链，这样，细沙上就躺了几枚真正的、闪闪发光的贝壳。（对她来说，这可是个极大的牺牲，因为她知道，以后总要把这些贝壳一枚一枚穿起来。你们也知道，要把贝壳穿好有多难。）透过玻璃看这些贝壳，真是耀眼极了。但是最大的惊喜，还是那些海葵，有粉色的、红色的和黄色的，趴在石头拱桥上，仿佛真的长在上面一样。

玛维丝小心地做着最后的调整，现在，石头拱桥活像个华丽的王冠一样。凯特琳在一边看着，大喊道："噢，太美了！真好看！弗兰西斯，快来看啊。"

"别急。"玛维丝一边说着，一边把项链的线绑在了一个锡皮金鱼上。（锡皮是从一个玩具盒子上拆下来的，你们知道的，就是那种下面装个磁铁，可以让上面的小鸭子、小船、鲭鱼和龙虾动起来的玩具盒子。）然后，她把线的另一头绑在了拱桥中间。这下，锡皮金鱼仿佛活了过来，真的在水族箱里游了起来——线那么细，不仔细看根本注意不到。

"好了，弗朗西斯。"她喊道。弗兰西斯慢吞吞地走了过来，拇指还夹在书里，似乎随时准备回去接着读那几页。天已经快黑了，但是玛维丝点亮了四根娃娃屋里的蜡烛，插在烛台上，然后把烛台绕着桌上的水族箱摆了一圈。

"从这边看，"她说道，"是不是很好看？"

"天哪，"弗朗西斯慢慢说道，"你真的装上了水，还有真的海葵！你从哪……"

"不是真的。"玛维丝说，"我倒希望是真的呢，这些只是大丽花。不过确实很好看，对吧？"

"简直和仙境一样。"凯特琳说道。伯纳德也说："还好你想到了这个主意。"

"这不过是个模型罢了，等我们搞到了真的海洋生物，水族箱就会像现在一样好看。"玛维丝说，"弗朗西斯，你喜欢吗？"

"嗯，我太喜欢了。"他答道，脸都快贴在水族箱上了，"但是我希望这些水草能摆动起来，荡出神秘的波纹，就像萨布丽娜的画一样。"

另外三个孩子看了一眼挂在壁炉上的画，萨布丽娜和水仙女们一起在水草和睡莲里漂着。画下面还有几行小字，弗朗西斯梦呓般念道：

> 美丽的萨布丽娜，倾听你们所坐之处。
> 在那如玻璃般冰凉通透的水浪里。
> 在那弯弯曲曲的莉莉丝的辫子里。
> 在你那琥珀般倾泻而下的秀发里。

"我的天，那是什么？"突然，弗朗西斯声音变了，跳到了一边。

"什么是什么？"另外三个孩子不明所以地问道。

"你们放活的东西进去了？"弗朗西斯问道。

"当然没有了。"玛维丝答道，"怎么了？"

"好吧，我看见有东西动了一下，就是这样。"

孩子们围在水族箱边，透过玻璃壁往里看。当然，里面什么鱼也没有，只有沙子、草和贝壳，还有煤渣、大丽花和挂在拱桥上的小锡皮金鱼。

"大概是金鱼晃了一下吧。"伯纳德说，"肯定是这样。"

"看着不像。"弗朗西斯说道，"更像是……"

"像什么？"

"我也说不好，我们往后站站，别让烛光晃了眼。"

说完，他往后站了站，又往水族箱里看去。

"不是金鱼。"他说，"金鱼就和睡熟了的鳟鱼一样，动也没动。算了，可能是什么的影子吧。"

"你能告诉我们像是什么吗？"凯特琳说。

"是老鼠吗？"伯纳德兴致勃勃地问道。

"不是老鼠，更像是……"

"像什么呀？"三个孩子着急地问道。

"像萨布丽娜，只是非常非常小。"

"是萨布丽娜小娃娃吗？"凯特琳喊道，"好可爱呀！"

"不是娃娃，也不可爱。"弗朗西斯很快说道，"要是能再来一次就好了。"

可惜，什么也没出现。

"要我说，"玛维丝灵光一现，说，"没准这是个魔法水族箱呢。"

"那我们假装它就是吧！"凯特琳建议道，"假装这是个魔法水族箱，我们都能在里面看见自己喜欢的东西。嗯，我看见了一个仙女宫殿，有闪亮亮的水晶柱子和银柱子。"

"我看到了一场球赛，我们的球队要赢了。"伯纳德也加入了这个游戏，大声说道。

"别说了。"弗朗西斯说，"这不是游戏，我真看见有东西动了一下。"

"可能是魔术吧。"玛维丝说道。

"我们玩过那么多次魔术了，什么也没发生过。就算烧了带香味的木头和东方树胶也没用。"伯纳德说，"还是假装有意思。每次最后不都是假装有魔法吗？魔术就是浪费时间。世界上根本没有魔法，对吧，玛维丝？"

"我说了，闭嘴。"弗朗西斯一边说，一边又把脸贴在了光滑的绿玻璃上。这时，艾妮德姑妈的声音从屋外传来："小家伙们，上床睡觉！"那语调没有半点容人争辩的余地。

两个小点的孩子不情愿地嘟哝起来，但他们俩也不敢跟艾妮德姑妈对着干，只好穿过屋子，抱怨的声音越来越小。等他们在楼梯上突然遇到艾妮德姑妈时，大家同时闭上了嘴，屋里陷入一片压抑的沉寂。

"快关门。"弗朗西斯压低声音道。即便他没有说"请"字，玛维丝还是照做了，毕竟她是个很棒的妹妹。弗朗西斯在难过的时候，也会不情愿地承认挑不出她的错来。

听到门锁咔嗒一声，玛维丝确定房间属于他们俩了，这才说："我说，刚刚不可能是魔法吧，我们又没有念咒语。"

"我们好久没念过咒语了。"弗朗西斯说，"除非……算了，那都是睡前故事，都是胡说八道。根本没有魔法，我们之前玩的不过是游戏罢了，不是吗？"

"当然了。"玛维丝也有些不确定了，问道，"你刚刚想说除非什么？"

"我们没有念咒语吧？"

"当然没有了，我们什么都没说啊。"

"可是，那时候我说了啊。"

"说什么了？什么时候？"

"那件事发生的时候啊。"

"哪件事啊？"

就在这时，艾妮德姑妈把门打开了条缝，说："玛维丝，去睡觉。"玛维丝只好走了，临走前还没忘又问一遍："哪件事啊？"

"哪件事……"弗朗西斯说，"先别管哪件事，当时我在念……"

"玛维丝!"艾妮德姑妈不耐烦地喊道。

"来了,艾妮德姑妈。你在念什么?"

"我在念'美丽的萨布丽娜',"弗朗西斯说,"你觉得……但是,当时水族箱是干的啊,一点水都没有。"

"可能只有干的时候才会有效果呢。"玛维丝说,"马上,艾妮德姑妈。一般都是燃烧的东西让魔法生效的,水里可点不着火呀。你看见什么了?"

"看着像萨布丽娜。"弗朗西斯说,"只不过很小很小,不是娃娃那种小,你懂吗,像是真萨布丽娜的缩小版,就像是把望远镜拿倒了。真希望你当时看见了。"

"你快再念一遍'美丽的萨布丽娜',我想看看。"

"美丽的萨布丽娜,倾听你们所坐之处。在那如玻璃般冰凉通透的水浪里。在那……玛维丝,就在那!真的有东西,快看!"

"哪儿呢?"玛维丝说,"我看不到啊,哎,让我再看看。"

"玛维丝!"艾妮德姑妈这次是真的在吼了,玛维丝只好起身回屋去。

"我得走了。"她说,"别担心,我们明天再看。哎,弗朗西斯,如果真是魔法,我是说……告诉你吧……"

但她没机会告诉弗朗西斯任何事了,因为艾妮德姑妈闪电一般冲进了屋里,把玛维丝带了出去,那愤怒的脚步一下没停,带起一阵旋风,把那四根蜡烛全吹灭了。

走到门口的时候，艾妮德姑妈说："晚安，弗朗西斯。你的洗澡水已经准备好了，记得把耳朵后面好好洗洗，明早我们没有那么多时间。"

"一直不都是玛维丝先洗吗？"他说，"我是老大啊。"

"天哪，孩子，别跟我争。"艾妮德姑妈说，"为了省时间，玛维丝在我屋里洗。来吧，别再废话了。"说到这儿，她停了下来，"我看着你去浴室，快点，走了。"

弗朗西斯不得不照做。

"她要是非得像军队里面那么下命令，至少得说起步走吧。"雾蒙蒙的浴室里，弗朗西斯一边扯着领扣，一边抱怨道，"算了，明天我早点起，看看还能不能看见吧。"

第二天一早，他果然起得很早，但艾妮德姑妈和用人们起得更早。水族箱已经被清空了，干干净净，闪闪发光，里面什么都没有了。

艾妮德姑妈觉得奇怪极了，不知道为什么弗朗西斯这一天早饭吃得那么少。

"她把水族箱里的东西扔哪儿了？"

"我知道。"伯纳德严肃地说，"她让爱思特把那些东西都扔进灶火里了，我只来得及把我那条金鱼救出来。"

"那我的贝壳呢？"玛维丝慌了。

"哦，她把贝壳拿走保管了，说你还太小，自己没法好好保管。"

你可能觉得奇怪，为什么孩子们不直接问艾妮德姑妈那些东西哪儿去了，那是因为你不了解他们的艾妮德姑妈。何况，那天早上什么都还没发生呢，毕竟当时弗朗西斯说的话并没有被证实。玛维丝和她哥哥有种奇怪的感觉，他们不想和大人讨论这件事，尤其是不想跟艾妮德姑妈说。

眼下他们最难过的事情，就是要把水族馆留在家里。他们本想给母亲发封电报，问问能不能让他们把水族箱带上。但是，他们实在不知道这封电报该怎么写，才不至于让他们的母亲认为他们疯了或者是在开玩笑。而且，他们身上加起来只有10毛5分钱了，能够支付的电报字数太少，根本不可能把事情说清楚。

"皮尔斯夫人转交戴斯蒙德夫人，苏克赛斯，西海滩，路易斯路，东崖村。"光这些字就得花8毛钱呢，剩下的连发送"我们想带个水族箱如果可以请回电报说行"都不够。更何况，这样的措辞根本行不通。

"不行啊。"弗朗西斯绝望地说。

"就算电报发出去了，出发之前也收不到回复呀。"凯特琳说道。

之前没人想到这点，现在听来，这也算是种安慰了。

"想想回来之后的事吧。"玛维丝说，"至少我们有所期待了啊，等我们从海边镇回来，就能带点美好的回忆回来了。"

结果，真的有美好的回忆哦。

第二章　俘　虏

全新的粉色小木铲、漆得光亮的水桶，看起来精巧极了，绿色和红色的表面上一丝划痕都没有，还有毛茸茸的捕虾网，都一起堆在行李的最上边。这些东西一旦下了水挖了沙，可就不会是现在这副模样了。下面的是大件行李。大手提包鼓鼓囊囊的，已经被绑好了。老双格旅行箱上有一些条纹状的裂缝，用来放靴子是再好不过了。还有海绵包，里面塞满了小东西。你要是想的话，总能找出点空间塞个球、颜料盒或者一盒粉笔之类的东西进去，这种东西大人总不让你带，说是等你回来再玩也行。等到了目的地，他们把行李都拆开，会发现你还是带了这些小玩意，他们就会说："我不是说了让你别带吗？"这时候，你只要低着头不说话，他们就不会再追问这事了。但是，在紧张拆行李或者打包行李的过程中，你的这些小玩意总会被不小心漏掉。当然了，水族箱这么大，怎么也塞不进箱子里的，兔子、刺猬这样的活物也不行，但除此之外，正常的小玩意总能被偷带出去。

放在货车里的行李问题不大，这些行李会被打包绑好，贴上标签，你只用在换乘站稍微照看它们一下就好，其他时候它们都待在别处，就像你念大学的哥哥们一样，从不会让人感到焦虑。行李家族里的那些小家伙才令人心烦，你必须把它们带在身边，让它们跟你一起坐在车厢里，比如说一捆伞啦，手杖啦，高尔夫球杆啦，小毯子啦，长大衣啦，一篮子吃的啦，还有那些你以为你会在车上读却从没翻开过的书啦，大人不想读又舍不得扔的报纸啦，他们的小包、手包、手提包、卡包、围巾以及手套……

这次，孩子们是跟着艾妮德姑妈一起旅行，她这些让人厌烦的奇怪玩意儿比母亲的多得多。在离家前的最后一秒，出租车都已经到了门口的时候，艾妮德姑妈突然冲到街角的小店里，买回来四把全新的铲子、四个全新的小桶，还有四张全新的捕虾网。然后，艾妮德姑妈把这些交给孩子们，让他们放到那堆奇怪东西的最上面，把车里塞得满满当当的。

到了车站，艾妮德姑妈去拿车票了，孩子们则守着堆得像座小山似的行李。这时，玛维丝说："我倒不是没良心，但她就不能到海边再买这些东西吗？"

"搞得我们跟三岁小孩似的。"弗朗西斯说。在合适的时间、合适的地点，他倒是不介意拿着木头小铲玩玩。但这绝不意味着，他希望整个滑铁卢车站的人都知道，这几个孩子要带着小铲小桶去海边玩。

凯特琳和伯纳德还小，他们倒是毫不介意，一直抚摸着铲子光滑的刻花表面。

不一会儿，艾妮德姑妈就拿着票冲了回来，指责他们不该不戴手套，一个个活像街边的流浪儿。

我很抱歉，你们对这些孩子的第一印象，就是他们不喜欢艾妮德姑妈。如果你觉得他们不是好孩子，那只能说明你实在太不了解他们的艾妮德姑妈了。

跟搬运工短暂地吵了一架后，他们慌里慌张地跑过站台边的通道，总算安全地坐进了挂着"已预订"牌子的车厢里。其实，孩子们是被扔进去的，一起被扔进去的还有之前说过的那堆奇奇怪怪的行李。然后，暴怒的艾妮德姑妈把孩子们留在车厢里，自己又下车去跟搬运工理论去了。

"总算能喘口气了。"玛维丝说。

"想得美。"弗朗西斯说，"等她一回来，又要开始发脾气了。早知道是她带我们去海边，我宁愿不去。"

"但你还没见过海呢。"玛维丝提醒道。

"我知道。"弗朗西斯愁眉苦脸地说，"但你瞧瞧现在这样。"说着，他指了指堆满座位和行李架的一大堆行李，说："我宁愿……"

突然，他停住了，因为突然有个脑袋探了进来。那个脑袋上戴着一顶圆圆的帽子，看起来跟艾妮德姑妈的一模一样。不

过，帽子下的脸并不是艾妮德姑妈的，更年轻些，也更和善些。

"这间车厢被预定了吗?"那个姑娘问道。

"是呀。"凯特琳说，"但是地方还很大，你要想的话，可以进来坐啊。"

"就是不知道跟我们同行的姑妈让不让。"玛维丝更谨慎一些，补充道。她抬头看到帽子下那双和善的笑眼，忍不住又加了一句，"当然，我们是很乐意的。"

那位姑娘说："我也是个姑妈呀，要去跟我侄子见面。这车真是太挤了……我还是去找你们的姑妈聊聊吧，看在大家同是做姑姑的分上……车马上就要开了。对了，我没带什么行李，就这么一份报纸。"说着，她挥了挥手上折起来的报纸。

"哦，快进来吧。"凯特琳紧张得都跳起来了，"我敢肯定艾妮德姑妈不会介意的。"凯特琳总是这么乐观。她加了一句："尤其是车马上就要开了。"

"既然你说可以，那我就进来了。"姑娘说着，轻盈地把手里的报纸扔在了角落里，孩子们看得都着迷了。她那张快活的脸刚抬起来，一只脚刚要踩上车厢的台阶，突然往后猛地退了下去，就好像有人在背后扯了她一把似的。

"不好意思。"有个声音说，"这车厢是预定的。"说完，那张快活的脸蛋消失了，取而代之的是艾妮德姑妈的那张脸。姑娘消失了。艾妮德姑妈踩着凯特琳的脚，抓着伯纳德的外套，坐了下来，半边屁股坐在玛维丝身上，半边屁股坐在弗朗西斯身上，说道："真是一群野蛮人。"话音刚落，门砰的一声关上了，火车颤抖起来，然后用我们熟悉的方式往前滑行起来。发动机轰鸣着，火车就这么呜呜地开动了。艾妮德姑妈站起身来整理行李架，害得孩子们都没来得及看一眼，那个和善的姑娘到底找到座位没有。

"我想……"弗朗西斯忍不住说。

"哦，你想？"艾妮德姑妈说，"我真没想到你还能有想法啊。"

等她整理好行李，又挑了孩子们几个微不足道的错处后，终于坐了下来，开始读一本玛丽·柯瑞丽写的书。孩子们一脸郁闷地看着对方，他们实在不明白，为什么母亲要把他们交给这个最讨厌的假姑妈。

这背后自然是有原因的。如果你的爸爸妈妈平时又和善又可爱，却突然做了一件你无法理解也无法接受的事情，一般都是因为什么重要的原因。这次非常不巧，平时照顾孩子们的好人们这次都得了流感，只有艾妮德姑妈能照顾他们了。可奶奶当初怎么会和她做朋友呢，可见奶奶的品位一定非常奇怪。弗朗西斯转念一想，也没准艾妮德姑妈年轻时并不是这样的。姑妈坐在那里读着那本无聊的小说，孩子们也被一人塞了一本书。《艾瑞克》《一点一点来》《艾尔西》《像一根小蜡烛》《勇敢的贝西》《心灵手巧的伊莎贝尔》，离家前，这些书像卡牌一样被分发给孩子们，让他们没有拒绝的余地。这些书读来无聊，带着也很沉重。凯特琳和伯纳德一直盯着窗外，两个年纪大点的孩子则读起了姑娘留下的报纸。

好了，这就是事情的前因。要是那位姑娘没有刚好出现在他们车厢门口，要是她没有不小心留下那份报纸，那孩子们就永远不可能读到那条新闻。毕竟，这帮孩子要不是被逼急了，平时根本不会去读报纸。

你可能觉得很不可思议，我自己也不知道这事儿怎么就这么巧。他们翻开报纸，读到的第一个词就是"海边镇"，第二个词是"海上"，第三个词是"故事"，第五个词是"人鱼"，夹在"故事"和"人鱼"之间的第四个词则是"传说中的"。

"嘿，"玛维丝说，"我们看看这篇吧。"

"别扯报纸啊，这样你不也能看见吗？"弗朗西斯说着，两人一起读起了那篇文章：《海边镇海上故事——传说中的人鱼》。

"奇妙的故事。

"每年的这个季节，都是一年中最可笑的季节，因为公共媒体无事可做，就开始报道那些愚蠢的古老传说，什么巨大的醋栗啊，超级海蛇啊。所以，每到这个时候，人们就开始期待那些海洋深处的故事。哪怕是在海边镇这种出名的旅游胜地，人们也不会停止幻想。海边镇毗邻一个非常棒的高尔夫球场，四周分布着各种美丽的景点。这里的淡水资源非常丰富，有新漆的码头和三个互相竞争的照相馆。海边镇以各种非同寻常的美景出名，有着一种复古气质……"

“等等，”弗朗西斯说，“这里没提到古老的美人鱼啊。”

“噢，肯定还在后面呢。”玛维丝说，“他们肯定先要把海边镇能夸的地方都夸一遍。我们跳着看吧。宜人的大道，各种便利的现代设施，又不损其古典特色。古典什么意思，他们怎么一直夸不停啊？”

“没什么意思。”弗朗西斯说，“就是些华丽辞藻，比如诡谲和娇小玲珑，报纸里老用这些词。啊，这里，看‘这样令人兴奋的事情，是言语难以表述的，只能靠自己想象’。不对，这是讲运动场的。啊，这里——

“维尔福雷德·威尔森船长，其父是当地一位广受敬仰的居民。昨天晚上，船长含泪回到家中。据悉，他游入西崖村下方的一片礁石区后，感觉有东西在捏他的脚。他本以为是龙虾，因为他曾在书中读到，这些甲壳纲动物有时会攻击闯入领地的不速之客，于是他大声尖叫起来。到此，他的故事尚无惊奇之处。但是，一个据他描述为‘女人的声音’出现了，告诉他不要尖叫。他低头一看，发现抓住他的是‘一只从水下岩石里伸出来的手’，于是，他的故事有了一个奇妙的走向。后来，一艘派对船返航后，声称他们往西航行时，看到了一种神奇的生物，像是白色的海豹，但尾巴却是黑色的。这只生物从他们船下的浅水区飞速游过。这样一来，维尔福雷德船长的话也算是有了一定的可信度。”

“可信度是什么意思？”玛维丝问道。

"哎，别在意这些，就是说可以相信了。继续看。"弗朗西斯说。

"威尔森先生，因为当天落水，又讲了这么个故事，早早上床休息了，让他儿子再去事情发生的地方看一眼。然而，小威尔森先生把附近的海域游了个遍，也没有看到任何手，听到任何声音。所以，当时碰到威尔森先生的，应该就是一只海豹了。白海豹对镇子来说是很宝贵的财富，能吸引大量的游客。已经有几条船带着渔网出海了，从南美来此旅游的卡列拉斯先生则带上了一个套马索，在我们这个地方，套马索真的是个新奇物件。"

"就这么多。"弗朗西斯瞟了一眼艾妮德姑妈，小声说道，"她好像睡着了。"他向另几个孩子使了个眼色，大家就一起挤到了离姑妈最远的角落里。"听这个。"说完，他压低声音，把刚刚那篇关于美人鱼的新闻读了一遍。

伯纳德说："希望真的是条海豹，我还没见过海豹呢。"

"要是能抓到就好了。"凯特琳说，"我想看看活的美人鱼。"

"要真是条美人鱼，我倒希望他们不要抓住她。"弗朗西斯说。

"是啊。"玛维丝说，"要是抓住了她，她肯定会死的。"

"这样吧。"弗朗西斯说，"我们明天一早就去找她。"然后，他若有所思地加了一句："萨布丽娜也是美人鱼吧？"

"她没有尾巴呀，你知道的。"凯特琳提醒道。

"又不是有尾巴才是美人鱼。"弗朗西斯说,"她可以活在水下啊。要是有尾巴的都是美人鱼,那鲭鱼也是美人鱼咯?"

"好吧,鲭鱼确实不是美人鱼。"凯特琳说。

伯纳德说:"唉,铲子和小桶有什么用啊?他们为什么不给我们弓箭呢?这样我们就可以去猎海豹了啊。"

"或者去猎美人鱼。"凯特琳说,"哎呀,那可就太棒了。"

弗朗西斯和玛维丝还没来得及反对"猎美人鱼"这个想法,艾妮德姑妈就醒了过来,把报纸从他们手里夺了过去,因为她觉得报纸不适合小孩子读。

艾妮德姑妈这种人,没人愿意跟她说自己真正在意的事。尤其是海豹和美人鱼这种事,更是没法跟她说。相比起来,还是老老实实读书更省力。

不过,凯特琳和伯纳德最后说的那些话,深深印进了两个大孩子的心里。所以,无论是后来他们高高兴兴地在海边镇和母亲会合后,还是艾妮德姑妈出人意料地继续搭乘这趟火车去伯恩茅斯探亲时,他们都没有再和弟弟妹妹们说起海豹与美人鱼的事,而是高高兴兴地享受着艾妮德姑妈不在的日子。

"我还以为她要跟我们待一辈子呢。"凯特琳说,"妈妈,还好不是这样。"

"怎么,你不喜欢艾妮德姑妈吗?她对你们不好吗?"

孩子们想到那些崭新的小铲子、小桶、捕虾网,还有那些书,异口同声地说:"没有啊。"

“那是为什么呢？”妈妈问道。

可是，他们该怎么说呢？即使你再爱自己的母亲，有时候，要把事情和她解释清楚，也是很难的。

弗朗西斯说：“可能，我们只是不适合和她待在一起吧。”

凯特琳说：“也有可能是她不适合当姑妈，不过，她人还是挺好的。”

妈妈很机智，没有再问他们任何问题。而且，她之前还想让艾妮德姑妈来海边镇和他们一起度假，现在，她也放弃了这个想法。事情就是这么巧，要是艾妮德姑妈被邀请来海边镇，那么也就不会有这个故事了。而且，我要再次告诉你们，她真以为自己做的事都是为了大家好。

住的地方挺好的，就在镇外不远的地方。屋子不像大家担心的那样是乡村小屋，而是真正的别墅，是个老磨坊改造的。屋子四壁是漂亮的灰色木头，屋顶是红瓦盖成的。屋后就是老磨坊，也是那种漂亮的灰色，老磨坊早就不磨粉了，现在正好可以用作储藏间，放着些渔网、独轮车、旧兔子笼、蜂窝、挽具，还有些别的乱七八糟的东西。哦，对了，里面还有女房东的鸡饲料。制粉厂里还有个很大的、装玉米的箱子，以前肯定是放在马厩里的。院子里还有些破椅子，还有个老木摇篮，自从女房东的妈妈长大后，这个摇篮就再也没人睡过啦。

若是在别的假期，这个老磨坊肯定是孩子们心中的魔法宫殿，因为里面有这么多稀罕物件可以玩。可是，现在他们满脑

子想的都是美人鱼。两个大孩子决定，一大早就要去寻找美
人鱼。

　　第二天，玛维丝果然很早就把弗朗西斯叫了起来。他们静
悄悄地穿好衣服，没有洗脸刷牙，因为倒水的声音实在是太大
了。而且，他们也没有梳头。他们出门的时候，路上一个人都
没有，只有磨坊里的猫在外面玩了一整夜，弄得自己又累又
脏，正慢吞吞地往家走。还有一只啄木鸟，在路那头一百码处
的树上立着，用黄啄木鸟最典型的叫声不停叫着。等到孩子们
走到树下，啄木鸟扑腾扑腾翅膀，飞到了旁边的树上，又开始
用最大的嗓门展现自己的歌喉。

　　弗朗西斯太想找到美人鱼了，这简直和他从小的梦想完美
重合了，既能见到海，又能寻找美人鱼。昨天晚上到的时候天
太黑了，他只能看见路边房子星星点点的灯火，别的什么也看
不见。两个孩子穿着胶鞋，无声地踏着沙石小路往前走。他们
转过一个弯，突然，一大片浅灰色的海就这么跳进了弗朗西斯
眼里，在阳光的照耀下，海面上还闪着金色和红色的光芒。

　　他一下子站住了。

　　"玛维丝，"他用一种奇怪的声音说道，"是海啊。"

　　"是啊。"她也停下了脚步。

　　"跟我想象的完全不一样啊。"他一边说，一边跑了起来。

　　玛维丝追在他身后，问道："那你喜欢吗?"

　　"喜欢?"弗朗西斯说，"这不是喜不喜欢的问题。"

等他们跑到海边的时候，发现岸边的沙子和卵石都湿漉漉的，因为潮水刚退下去。海滩上有很多石头，还有石头围起来的小水池，地上布满了绿色、红色和褐色的海草，里面零星分布着各种小东西，有帽贝、蛾螺，还有长得像印第安玉米的黄色玉黍螺。

"真棒。"弗朗西斯说，"你要是喜欢海边的话，这里简直太棒了。我有点后悔没叫上他们俩了，这样对他们好不公平啊。"

"没事，他们以前就看过。"玛维丝真诚地说道，"而且，四个人一起找美人鱼可不太好啊，对吧？"

"而且，"弗朗西斯想起了昨天车厢里的事，"凯特琳还想猎美人鱼呢，伯纳德觉得是海豹。"

他们一起坐了下来，开始快速地脱鞋袜。

"我们肯定什么也找不到的。"弗朗西斯说，"可能性太小了。"

玛维丝说："从我们知道的信息来看，没准他们已经找到她了。走石头的时候小心点，很滑的。"

"说得好像我不知道一样。"他穿过石头的间隙，从沙地上跑到卵石堆里，第一次踩进了海水里。虽然只是白石头围起来的绿色小水池，但好歹也是海水呀。

"水好冷啊。"玛维丝说着，把脚从水池里抬了起来，粉红色的小脚丫直滴水。

"说得好像……"弗朗西丝说着，突然一屁股坐进了水池里，溅得水花哗啦直响。

"好了，这下我们得赶紧回家了，好让你换身衣服。"玛维丝说着，倒并没有什么不快。

"胡说。"弗朗西斯说着，费力地站了起来，湿淋淋地靠在玛维丝身上，想站稳身子。他说："也没湿多少啊。"

"你也知道感冒后会有多难受。"玛维丝说，"你得整天待在屋里，没准还得躺在床上，吃很多很多芥末，还得喝加了黄油的燕麦粥。回家吧，反正我们也找不到美人鱼的。这会儿是白天，到处都亮堂堂的，魔法怎么会出现呢？快回家吧。"

"我们到岩石尽头看看吧。"弗朗西斯恳求道，"就看看水深的地方是什么样子的，看看海草摇摆的样子，那种又瘦又长、繁盛茂密的样子，就像萨布丽娜那幅画里的那样。"

"好吧，我们只能走一半，不许再往前了。"玛维丝不容反驳地说道，"太危险了，外围水很深的，这是妈妈说的。"

于是，他们真的就走了一半。玛维丝依旧很小心，弗朗西斯则觉得自己已经湿透了，干脆大摇大摆地在水坑里踩来踩去。路上还是很开心的，你们也知道，踩在那种带斑点的水草上有多柔软，一脚下去简直能把你的小脚丫埋住。还有那种像绸缎一样的海草，踩上去滑滑的。帽贝的边缘很锋利，尤其是那种长满藤壶的。踩在长春花色的玉黍螺上，脚丫那种奇怪的感觉，倒也让人能忍受。

"好了。"玛维丝说，"该回去了。我们要跑快点，赶紧把鞋袜穿上，不然要感冒了。"

"真希望我们根本没来过。"弗朗西斯转过身来，满脸失落地说。

"你不会真以为我们能找到美人鱼吧，啊？"玛维丝笑出了声。虽然她很气弗朗西斯把自己弄湿了，害得他们不得不提早回去，但她是个好妹妹。

"太傻了，不管有没有掉进池子，在池子里走进走出，都太傻了。我们就该晚上来，那时候又安静又神秘，我们就可以念'美丽的萨布丽娜，倾听你们所坐之处……'哎呀，等等，有东西抓住了我的脚。"

玛维丝停下了脚步，抓住哥哥的胳膊，帮他稳住身子。就在这时，两个孩子都清楚地听到了一个声音，那声音绝不是他们中的谁发出来的，因为那是世上最最甜美的声音。

她说："救救她，被抓住，我们会死的。"

弗朗西斯低下头，看见一个又白又绿又带点褐色的东西唰的一下，从玛维丝站着的岩石下飞速游走了。现在，他的脚自由了。

"你听到了吗？"弗朗西斯的声音里充满了惊奇。

"当然听到了。"

"总不能是我们同时产生幻觉了吧？"他说，"真希望她能告诉我，要救谁，去哪儿救，怎么救。"

"你觉得刚刚说话的是谁？"玛维丝小声说。

"当然是美人鱼了,"弗朗西斯说,"还能是谁?"

"那么魔法真的出现了。"

"美人鱼又不是魔法生物。"弗朗西斯说,"她们跟飞鱼和长颈鹿没有区别。"

"但她是在你念'美丽的萨布丽娜'的时候来的啊。"玛维丝说。

"萨布丽娜又不是美人鱼。"弗朗西斯坚定地说,"没必要把不相干的事硬扯在一起。走吧,我们最好赶紧回家去。"

"她会不会是那种美人鱼啊?"玛维丝问道,"你知道的,就像住在河里,但是要游到海里的鲑鱼一样。"

"我也不知道啊。她要真是萨布丽娜,那该多棒啊。如果是这样的话,你觉得她们谁是萨布丽娜?刚跟我们说话的那个,还是被抓住要死了、需要我们去救的那个?"

这时,他们已经走到了岸边。玛维丝整理好自己那双褐色的长袜,抬头说:"肯定不是我们同时产生幻觉了,对吧?有没有什么高端科学,能像魔法一样,让两个人同时看到或听到不存在的东西,就像印第安人的芒果把戏那种?弗莱德叔叔说过的,你也知道,他们说那个叫'让你看看'。"

"跟你说吧,"弗朗西斯急急忙忙地系着鞋带,说,"如果我们继续说我们看到的东西是假的,那我们就会错过遇到魔法的唯一机会。你什么时候见过书里的人像我们这样的?他们都是直接说'哇,是魔法!'然后坚定地做他们该做的事。他们才不会试图说服自己那是假的呢。拜托，这样魔法会消失的。"

"多萝西娅阿姨说过，魔法就像是鲁伯特王子城里那些漂亮的装饰球。"玛维丝说，"你要是把它打破了，就只剩一地灰尘了。"

"我就是这个意思啊。我们一直觉得魔法真的存在，对吧？现在我们真的碰到了，就别假装自己不信了。我们就相信它，然后照着做。玛维丝，好吗？信仰能使之更强。多萝西娅阿姨也这么说过，你记得吧？"

现在，他们都穿好了鞋，站起身来。

"我们要告诉他们俩吗？"玛维丝问道。

"当然了。"弗朗西斯说，"不然我们也太无耻了。不过，他们肯定不会相信我们的。他们会以为我们疯了，变成了卡珊德拉那样。"

"要是能知道我们要救谁就好了。"玛维丝说。

弗朗西斯相信，要不了多久，他们就会知道这个问题的答案。他没法说出个所以然来，但他就是有这种强烈的感觉。所以，他只是说："我们快跑回去吧。"

于是，他们跑了起来。

他们在大门口碰到了凯特琳和伯纳德，两个孩子激动又不耐烦地在那儿蹦跳着。

"你们去了哪儿啊，我的天！"他们大喊道，"怎么回事，弗朗西斯，你全湿了。"

“我们到海边去了。别说话，我知道我们很过分。”他们的大哥一边说，一边往屋子里走去。

“你可以叫上我们的。”凯特琳的声音听来不像是生气，而是伤心，“叫你们不带我们出去，哼，你们可错过大事情了。”

“错过什么了？”

“大新闻啊。”伯纳德说，“活该！”

“什么新闻？”

“你想知道啊？”伯纳德是真的生气了，他的哥哥姐姐竟然不带他，独自进行了假期里的第一次探险。碰到这种事，谁都会生气的，你我也不例外。

“快说。”弗朗西斯说着，使劲揪了下伯纳德的耳朵。伯纳德一声大叫，惹得妈妈在屋外说：“孩子们，别闹。”

“妈妈，我们没事。好了，小家伙，可别当个熊孩子。快说，什么新闻？”

“你把我耳朵弄疼了。”伯纳德不满地说。

“好吧。”弗朗西斯说，“我们也有新闻。但是，我们也不说，对吧，玛维丝？”

“别呀。”凯特琳说，“我们要友好，这才是第一天呢。而且他们把美人鱼抓住了，她会死的啊。你们觉得呢？”

弗朗西斯放开了伯纳德的耳朵，转向玛维丝说：“看来就是这件事了。”他问伯纳德：“谁抓住的？”

“马戏团的人。你们的新闻是什么？”凯特琳迫不及待地问。

"早饭后再说。"弗朗西斯说,"好的,妈妈,马上来!伯纳德,对不起,我揪了你的耳朵。待会儿我们就把事情都告诉你们,反正和你们想象的肯定不一样。等吃完早饭没事之后,我们立刻到磨坊讨论这件事,好吗?好的!来了,妈妈!"

"看来,"玛维丝凑近弗朗西斯的耳朵说,"有两条美人鱼。她们不可能都是萨布丽娜吧,那么谁是呢……"

"不管怎么样,我们都必须救下一个,"弗朗西斯的眼睛里闪烁着冒险的光芒,"因为一旦被抓住,她们就会死。"

第三章　救　援

　　现在最大的问题是，妈妈会不会带他们去马戏团。如果她不带他们去的话，会不会让他们自己去？在白金汉郡的时候，在他们再三保证不会摸任何动物之后，妈妈让他们去了那个旅行动物园。玩杂耍的人让他们摸一摸那头狼的时候，他们都后悔向妈妈作出了那个保证，因为那头狼就像牧羊犬一样温顺可爱。他们一起说"不用，谢谢了"的时候，那个玩杂耍的说："哈哈，害怕了吧？快跑回家找妈妈吧！"然后，那些围观的都大笑起来，让孩子们觉得很没面子。马戏团不一样，动物都在台上，远远的，不可能摸得到。所以，妈妈这次没准不会让他们作保证。要是妈妈跟他们一起去的话，好倒是好，但是会给他们要做的事增加难度。就连玛维丝也觉得，要救出美人鱼本身就很难了。但如果妈妈不和他们一起去呢？

　　"她又会让我们保证不摸动物？"凯特琳说，"不摸到美人鱼，可怎么救她啊？"

"有了。"玛维丝说,"美人鱼不是动物,而是人。"

"如果是那种美人鱼呢?"伯纳德说,"就是他们说的海豹,就像报纸里说的那样。"

"不是。"弗朗西斯简短地说,"就是这样!"

他们在前花园里,靠着绿色的大门聊天。妈妈则在楼上,打开那堆昨天还在滑铁卢的行李,就是顶上有小铲子的那堆。

"玛维丝!"妈妈从打开的窗户往外喊道,"我找不到……你还是上来吧。"

"我应该主动去帮妈妈拆行李的。"玛维丝一边说,一边慢吞吞地走去。

过了没一会儿,玛维丝就飞快地跑了回来。

"好消息!"她说,"妈妈下午要去车站接爸爸,然后给我们去买太阳帽!所以,我们可以带着小铲子去海边待到晚饭的时候!待会儿吃烤兔子和苹果派,我问过皮尔斯夫人了。然后,我们还可以自己去马戏团,妈妈没说不能摸动物!"

于是,孩子们就出发了。他们沿着小路,经过那只一有人路过就叽叽喳喳吸引别人注意的黄啄木鸟,一直来到了海边。

你要是从没见过、摸过美人鱼,或者从没听过美人鱼说话,那么你可能很少会想到美人鱼。但是,你要是见过、摸过,或者听过美人鱼说话,那你就会忍不住一直想她。所以,一到海边,伯纳德和凯特琳就开始堆沙子城堡,而两个大孩子则走来走去,铲子草草地拖在身后,仿佛长了条新尾巴一样。

他们一直走啊走，说啊说，终于，凯特琳忍不住说："你们再不来帮忙，涨潮的时候城堡也堆不好的。"

"你还不知道百灵鸟沙堡长什么样吧，弗朗西斯？"她又好心地说了一句，"因为你之前没来过海边啊。"

于是，孩子们一起开始挖沙子、堆沙堆，在摆好的沙子上拍来拍去，终于，做好了城堡上的塔，挖好了地下室和地下通道，建好了桥。可是，最后的房顶却没法摆上去了，除非之前他们把下面的墙什么的压得特别结实。虽然第一波海浪舔上城堡时，它还只是个半成品，但半成品也已经很好看了。然后，大家又开始奋力把海浪和城堡隔开，但是并没有什么效果。终于，海浪一点点把城堡带进了海里，海滩又变成了一片平地。这时，大家全身都湿透了，一回家就得把身上所有衣服全都换掉。湿成这样，你们该知道他们玩得多尽兴了吧。

吃过烤兔子和苹果派之后，妈妈去接爸爸、买太阳帽去了。弗朗西斯跟着妈妈去了车站，然后一脸难过地回来了。

"妈妈要我保证，不摸任何动物。"他说，"也许，美人鱼真的是动物吧。"

"能说话就不是动物啊。"凯特琳说，"我觉得应该穿上最好的衣服。这样，才配去看海底深处的奇迹。她看见我们穿得好看，也会开心的。"

"我不会为了任何人改变的。"伯纳德坚决地说。

"好吧，伯纳德。"玛维丝说，"但我们愿意，因为这可是魔法啊。"

"好吧，弗朗西斯，"伯纳德问，"你觉得我们应该改变吗？"

"不用。"弗朗西斯答道，"美人鱼不会在乎你穿了什么，因为她们自己也什么都不穿啊。她们长着鱼尾巴，头发长长的，带着镜子。不过，我建议你洗洗手，最好再洗洗头，你头发里有沙子，看着就像脏扫帚一样。"

至于弗朗西斯自己，倒是好好打扮了一番。他甚至戴上了艾米姨妈送给他的蓝色领结，还把夹克里面的银表链擦得锃亮，打发了姑娘们准备的那段时间。最后，他们都穿上了自己最好的衣服，然后出发了。

黄啄木鸟还在那儿叽叽喳喳叫，真是一点也不嫌累。

"这鸟叫怎么听着像是在嘲讽我们呢。"伯纳德说。

"可能我们走路的样子很好笑吧。"凯特琳说，"不管怎么样，马戏团应该还是很好玩的。"

在海边镇最差的角落里，有一片空地，这里都是些小店和黄砖房。海边镇最好的角落就不一样了，那里的店都有绿色玻璃做的弧形玻璃，根本看不清里面有什么。这个破角落里还有些陈旧的广告牌，上面歪歪扭扭地贴着配色很难看的破烂海报，红色的是卖朗斯登皮靴的，蓝色的是给威尔顿·艾斯比票的。这些海报都卷了边，在风里哗啦啦地翻着。在镇子的这一头，总有很多稻草、碎纸屑和灰尘，还有些很脏的破布、旧靴子，原本该长满花的树篱下全是易拉罐。对了，那些树篱一点都不好看，上面趴着蓖麻，还缠着长着倒钩的电线。有时候，你难道不觉得很奇怪吗，原本很好的地方弄得这么恶心，到底该怪谁呢？有时候，你是不是甚至想去找这些人聊聊，好让他们别再糟蹋这些地方了。可能，这些人小时候，没人教导他们不能乱扔橘子皮，也不能乱扔糖果纸，还有装面包的袋子。虽然很可怕，但这是个事实，到处乱扔东西的孩子会把周围的环境越弄越差，等他们长大了，破坏力也会加倍地增强，就会造这些丑陋的黄砖房，到处贴广告，卖朗斯登皮靴，给威尔顿·艾斯比拉票。那个令人终生难忘的集市，就在这个很多人习以为常的破烂地儿。弗朗西斯、玛维丝、伯纳德和凯特琳穿着他们最好的衣服，跑来拯救美人鱼了，因为美人鱼"被抓住，就会死"。

这个集市跟人们常见的那种不一样，没有那些卖玩具、姜饼、马鞭、小茶杯、羊肉派、娃娃、瓷器狗、贝壳盒子、针垫、针线盒、能透过小孔看到威彻斯特大教堂的笔架的小摊和货架。

集市里有个蒸汽的旋转木马，但是马背上空荡荡的，一个人都没有。还有秋千，但是上面也没人。这里没有表演，没有兽栏，没有拳击场，也没有牵线木偶。没有穿着亮片的女士让人花钱钓鱼，也没有胖胖的男人在那敲鼓。这里有白粉相间的纸马鞭，一袋袋灰尘色的碎纸屑，英国人都管"彩纸"叫"碎纸屑"。还有小金属管子，冲着人脸直喷脏水。除了这些让人觉得不舒服的商品外，集市里竟然没有任何其他货摊了。我敢说，那里的东西，你们一件都不会想买，没有姜饼，没有糖果，没有瓷器狗，连半分钱的橘子和坚果也没有。那里也没有喝的，连卖柠檬汁和姜汁啤酒的小摊都没有。那些玩杂耍的人肯定都是在别的地方买喝的。这里像坟墓一样寂静，衬得旋转木马那可怕的嘶鸣声越发明显了。

一个鼻头脏脏的小男孩，说他偷听到一个临时召开的会议，马戏团这会儿还没开。

"没关系。"他们互相安慰着，转而去看旁边的游戏。其实这些东西都是一个样子，你拿着一个东西去砸另一个东西，砸中了就有奖励。奖励一般都不大好，都是9分店或者宏兹迪池区买得到的那种。

一般来说，这种游戏都是经过精心安排的，根本不可能砸中。比如说，在你面前摆几个面具，让你砸中面具嘴里的管子。在这游戏还风靡的时候，如果你能把管子砸破，你就能拿到一个奖品，价值还不如9分店里能买到的便宜货呢。但就算这样，孩子们还是会发现，就算你砸中管子，你也不可能把它砸破。你们可能会觉得很奇怪，但如果你走近点看，就会发现那些管子根本不是陶瓷的，而是上了色的木头。根本不可能砸破嘛，这就是给人虚假的希望。

现在，拿球丢椰子的游戏也不是那么回事儿了。以前一分钱可以丢三次，现在一分钱只能丢一次了，而且是那种很轻的木球。要是运气好，你可以砸倒一个没用胶水粘在底座上的椰子，你就能赢走那只椰子。你要是特别想要这种不咋样的水果，那你最好在丢之前好好看看，别砸那种被球扔中后一动也不动的椰子。它们到底是不是被粘在底座上了呢？我倒是希望没有。但就算真的是被粘住的，你真的会去对质吗？毕竟讨生活也不容易。

　　而让孩子们讨厌的是，摊子的主人看起来干干净净，一点也不像是吃不起饭的人。所以，孩子们决定不同情这几个人。摊子上是张中间高四周低的小圆桌子，上面摆着很多小物件。你可以花一分钱租两个圈。你要是能用圈套住任何东西，那东西就是你的了。桌子上满满的，似乎没有人套走过东西，也有可能是没人想玩这个游戏。不过，这游戏看着倒是不难。玛维丝第一下就套住了一个小烛台，她半是自豪、半是不好意思地伸出了一只手

　　"你运气真不好。"两个年轻女人中的一个说，她全身很整洁，让人一点也同情不起来，"你得这样平着套住，瞧见了？"

　　于是，弗朗西斯拿起了第二个圈。这次，他套住了一个火柴盒："这次是平的吧。"

　　"还是运气不好。"那女人又说。

　　"这次又怎么了？"孩子们困惑地问道。

　　"你的圈得是红色这面朝上啊。"她说完，收走了台上的圈。

　　于是，孩子们绕到摊子另一边，又花了一分钱，从另一个

干干净净的年轻女人手里又租了两个圈。这次，还是一样。只不过她说的是："运气真不好，圈得是蓝色这边朝上啊。

这下可把伯纳德气坏了，他决定把桌子上所有的东西全套走。

"蓝色这面朝上是吧？"他咬牙切齿地说着，又掏了一分钱出来。这次，他套中了一个托盘和一个盒子，但愿盒子里多少装了点东西吧。那个女人犹豫了一下，把奖品递给了他。"再来一分钱的圈。"伯纳德说着，摩拳擦掌地准备进入状态。

"运气真不好。"她说，"奖品价值超过两分之后，我们就不再向中奖的人提供奖品了。"

即使这些奖品勉强也算是胜利的代表，但你不会想保留这些小东西的，尤其是你眼下有更重要的事：拯救美人鱼。孩子们把奖品送给了旁边围观的一个小姑娘，然后走向射击的摊子。这里骗术要少得多。你要是射中了瓶子，瓶子是肯定会碎掉的。而且，就算摊主再自私再无耻，打碎瓶子那种实实在在的快感是谁也抢不走的。不管武器再破，都是有可能打中瓶子的。这些倒都不假，只不过，在射击摊子上，最难的永远不是射中瓶子。瓶子很多，而且彼此挨得很近。14发子弹，孩子们13枪都射中了。这些瓶子离射手们并没有30尺，而是只有15尺，为什么呢？毕竟集市这么空荡，肯定不是因为空间不够。那难道是苏克赛斯的人们射击水平都很差，觉得30尺是绝对不可能射中瓶子的？

他们没有砸椰子，没有去坐旋转木马，也没有去荡那些很高很高的秋千。他们的心里已经容不下这些小游戏了。除了他们自己、那个围观的小女孩和套圈摊那两个女人，其他人都脏得不得了。海边镇确实是有淡水供应的，但是来到集市上，你一定会怀疑这里根本没有水。这里没人笑，没人说话，也没有那种快乐的假日气氛。这里有的，只是一片无聊的沉寂，你能听到的，只有旋转木马那空洞的音乐声。

海边镇的集市上，没有音乐，没有快乐的人群跳舞，也没有手舞足蹈的狂欢。说起音乐倒也是有的，只有旋转木马那前几年流行过的背景音乐，那些脏兮兮的保安，一脸阴沉地站在护栏旁边，准备收钱。太阳渐渐落山了，一群无精打采的小男孩小女孩在寒风中瑟瑟发抖。随风飞舞的，还有灰尘、稻草屑、报纸和糖纸，这就是集市上仅有的舞蹈了。

空地的最高处，是马戏团的大帐篷，有些人在绳子和夹子中间忙来忙去。那些停在车位上的亮色小车，看起来比它们的主人（就是想方设法不让顾客赢得奖励的那些人）整洁欢乐得多。

现在，马戏终于开始了。帐篷的门帘被掀开了，一个吉普赛女人走了出来。她那长长的卷发又黑又油，一双黑眼睛亮得像是夜明珠一样。她往门口一站，朝那些想看马戏的人收钱。人们三三两两地慢慢踱了过来，我们的那四个孩子则排在了最前面。吉普赛女人从四人那里拿走了还带着体温的6分钱。

"往里走，往里走，亲爱的小家伙们，里面有白色的大象。"一个蓄着黑胡子的胖男人喊道。他穿着一身光亮的绿色晚礼服，一边喊，一边挥舞着手里长长的鞭子。孩子们已经交了钱，但还是在门口停了一下，因为他们想听听将要看到些什么。

"白色的大象，尾巴、身子、牙齿样样齐全，看一眼只要6分。还有骆驼，又叫'阿拉伯人的小船'，那些家伙一有机会就喝个饱，穿越沙漠全靠它们。往里走，往里走。里面有驯服的公狼和母狼，会跟着各个国家的旗帜跳各个国家的舞蹈。往里走，往里走。快来看我们训练过的海豹，最厉害的那头叫荷花冠，会用背跳舞，能同时骑三匹马，这是皇室级别的表演啊。往里走，还有昨天刚在你们的海边抓住的美人鱼！"

"谢谢，"弗朗西斯说，"我们会去看的。"

四个孩子穿过帆布做的门，在淡黄色暮光的照耀下，走进了一个四四方方的帐篷里。这个帐篷前后敞开，中间是一个撒满木屑的台子，四周摆着一圈圈的凳子，有两个人刚给第一排的凳子装上了红棉垫子。

"美人鱼在哪儿呢？"玛维丝向一个穿着紧身衣、戴着亮片帽的小男孩问道。

"那里面。"他说着，指向了帐篷侧面的一个小帆布门，"不过，我建议你们不要摸她，她可厉害着呢。她那尾巴像鞭子一样，把老李妈妈拍进了水里，危险得很。我们的比尔，抓她的时候，骨头都戳到手腕外面来了。而且，要想靠近看她，得再交三分钱。"

有时候，三分钱就是一道残忍的坎，你在这头，你想要的东西在那头，你就是过不去。还好，孩子们不缺钱。来之前，妈妈给了他们两块五毛，让他们随意花。

"就算这样。"伯纳德满不在乎地说，"我们也还剩两块呢。"

玛维丝是管钱的，她把三分钱递给了一个头发浓密得像麻绳的女孩。这女孩的脸黑黑的、圆圆的，活像一块大蛋糕。她坐在那扇门前，专收看美人鱼的门票。

孩子们一个个穿过那道窄窄的门，走进了一个小帐篷，里面只有他们四个人，还有一个大水箱。水箱前有个一看就是匆忙写好的标签，因为上面的字母写得歪歪扭扭的：

活美人鱼。

曾经的幻想，如今的现实。

捕获于本地。

请勿触摸。

危险。

那个戴亮片帽的小男孩跟着他们走了进来，指着最后那两个字，自豪地说："我没说错吧？"

孩子们互相看了一眼，有这个小男孩在，他们什么都做不了。至少……

"如果是魔法的话。"玛维丝低声对弗朗西斯说,"外人可能不会注意到。我觉得,有时候他们看不出魔法。你试着念念'萨布丽娜',启动魔法吧。"

"不保险。"弗朗西斯也低声说道,"万一他不是外人呢?万一他注意到了呢?"

于是,他们就在那儿无助地站着。标签挂在一个巨大的锌皮水箱上,就是屋顶上常见的那种。你们一定见过的,要是冬天很冷的时候,你们房子的水管炸了,你们的父亲就要带着铲子和小桶爬到屋顶上,到那种水箱里取水。

这个水箱里装满了水,在最底下,有一团黑乎乎的东西,看起来一半像是深绿色的鱼,另一半则像是黄褐色的水草。

"美丽的萨布丽娜,"弗朗西斯低声说道,"把他赶走。"

就在这时,外面突然传来一个声音:"卢比,见鬼的孩子,跑哪儿去了?"那个戴亮片帽的小孩一下子就蹿了出去。

"瞧,"玛维丝说,"这难道不是魔法吗?"

好吧,这也许真是魔法,但水箱底那团半鱼半水草的东西一动也没动。

"念一遍完整的。"玛维丝说。

"对。"伯纳德说,"这样我们就能知道,这到底是不是海豹了。"

于是,弗朗西斯又念道:"美丽的萨布丽娜,倾听你们所坐之处。在那如玻璃般冰凉通透的水浪里。"

他没有继续往下念，因为那团水草和鱼尾猛地动了一下，有什么白晃晃的东西出现了。那是两只白白的手，分开了褐色的水草，然后一张白白的脸浮到了水面上，明明白白地说道："冰凉通透的水浪！还真是啊。你们怎么好意思在这个肮脏的水箱前念祷文？你们想干吗？"

孩子们吓得往后退了一步，听到她说话后又紧紧贴在了水箱上。虽然褐色的头发和水草挡住了她大半的脸，但每个孩子都看得出，她的表情非常愤怒。

"我们想，"弗朗西斯努力告诉自己，自己是个大孩子了，要勇敢。然后，他用颤抖的声音说，"我们想帮你。"

"帮我？你们？"她从水箱里又冒出来一些，轻蔑地看着孩子们，说，"怎么，你们难道不知道，我会所有水魔法吗？我能召唤风暴，把这个破地方、抓住我的那些小人，还有你们，统统卷走。然后，让巨浪把我送回海底深处。"

伯纳德问："那你干吗不使魔法呢？"

"这个嘛，因为我还在思考。"她有点不好意思地说，"就在你们念咒语的时候。好了，你召唤我了，我也应了。现在告诉我吧，你们想让我干吗？"

"我们已经说了。"玛维丝柔声说。其实她很失望，她也没想到，费尽心思才靠近的美人鱼，竟然脾气这么不好。他们真的付出了很多，谈论了一整天，多付了3分钱，他们还穿上了最好的衣服呢。

"我们已经说了，我们想帮你。海里的另一个萨布丽娜让我们来的，她没告诉我们你会魔法的事。她只说'被抓住，我们会死的'。"

"好吧，谢谢你们过来。"美人鱼说，"她要真这么说，那只可能是两种情况。第一种，阳光要照进来了，这个季节显然不可能；第二种，他们抓我的绳子是用骆驼毛做的，这也不可能，这个纬度怎么可能有骆驼呢？你们知道他们抓我的时候，用的什么绳子吗？"

"不知道。"伯纳德和凯特琳说。

"就是骆驼毛绳子。"另两个孩子说道。

"难怪呢。"美人鱼说，"看来，我最坏的猜测成真了。谁能想到，这里的海岸附近有骆驼呢。一定是因为这个，我总算知道为什么了。从我被抓起来，我试了好几百次想召唤风暴，但有种奇怪的力量害得我召唤不出来。"

"你是说，"伯纳德说，"你感觉可能召唤不出来，所以你就没召唤？"

这时，外面传来一阵丁零当啷的响动。一开始，声音还很小，后来越来越大，连说话都听不清了。那是鼓声，马戏开始了。戴亮片帽的小男孩把头探进来说："快点，不然你们要错过我的表演了，我要带着铃鼓骑大马哦！"说完，他的脑袋就消失了。

"天哪！"玛维丝说，"我们还没开始商量怎么救你呢。"

"用不着你们救。"美人鱼无所谓地说。

"瞧。"弗朗西斯说，"你想得救，对吧？"

"当然，"美人鱼有些不耐烦，"我都知道绳子是骆驼毛做的了。但是，就算他们放了我，我也走不动，你们又不可能抬得动我。这样吧，你们半夜弄辆马车来，然后帮我挪进马车。这样，你们悄悄把马车赶进海里，我游下车，你们游上岸。"

"你说的这些我们都做不到啊。"伯纳德说，"尤其是带着马和车一起游上岸，就算让法老来，他也做不到啊。"

玛维丝和弗朗西斯也有些绝望，说："而且我们上哪儿去弄马车啊？你就没有别的法子吗？"

"我在午夜时分等你们。"美人鱼在水池里淡定地说道。

说完，她把脑袋和肩膀边的水草扒到中间，慢慢沉到了水箱底部。孩子们站在那儿，迷茫地看着彼此，身后，马戏团帐篷里的音乐声清晰地传了过来，还有蹄子踏在舞台上轻柔的嗒嗒声。

"我们该怎么办？"弗朗西斯率先打破了沉默。

"去看马戏啊。"伯纳德说。

"看完再说马车的事。"玛维丝同意弟弟的看法。

"离午夜还早着呢，我们有的是时间讨论马车的事。"凯特琳说，"伯纳德，走吧。"

然后，他们就去了。

还有什么比马戏团更能使人忘忧的呢？看着那些可爱的小狗在台上表演，使尽全力逗你开心；看着狼随着各国国旗翩翩起舞；看着欢乐的姑娘们从纸圈里一跃而过，正好落在白色的马背上，你哪还有心思想着那些难办的事儿啊。看着这样的表演，大人都会放下心头的忧虑，更何况是孩子们呢。

马戏持续了一个半小时，表演都很棒，难以想象海边镇集

市还会有这样好的马戏团。这样欢乐的气氛，让孩子们暂时忘记了和美人鱼的对话，还有那个艰巨的任务。可是，马戏结束后，在随着热烘烘的人群走到外面时，他们又都想起来了。

远离人群后，伯纳德说："小丑好棒啊。"

"我最喜欢那个训兔子的姑娘，还有那匹马，真好看。"凯特琳一边说着，一边伸出白白的小手、穿着褐色鞋子的脚，努力模仿在《古典骑术》那个节目里表演的小马。

"还有大象……"玛维丝刚开口，就被弗朗西斯打断了。

"马车。"他说完，大家都沉默了。且不说别的，眼下就有个大问题：他们根本没有马车，也弄不来马车。而且，在海边镇这种地方，有没有马车还是个问题呢。

"我的办法可能没用吧。"最后，还是凯特琳给出了个最有可能奏效的建议，"我们对着南瓜念'美丽的萨布丽娜'吧。"

"可我们连南瓜都没有啊。"伯纳德忍不住说，"更找不到老鼠和蜥蜴这些给灰姑娘拉南瓜车的小可爱了。不行，肯定不行。不过我有个主意。"他神神秘秘地停了下来。这时候，已经是傍晚了，他们已经回到家附近了，就是有黄啄木鸟的那条街，"我们把独轮车推过去怎么样？"

"不够大。"弗朗西斯说。

"磨坊里有个超大号的。"伯纳德说，"瞧，我对魔法一点也不在行。但汤姆叔叔说过，我生来就是要做将军的。如果我告诉你们怎么做，你们愿意自己去做，然后别拉上我和凯特琳吗?"

"你们撒手不管了?"弗朗西斯郁闷地问道。

"不是啊,我不擅长做这些事,也不想做这些事。我要跟你们一起的话,整件事就要糟了。你也知道我运气多差,午夜带上我,你们不可能出得去,我一定会不小心把鞋掉在楼梯上,或者不小心打个喷嚏,你知道的。"

伯纳德老是被抓,他对此有种奇怪的自豪感。你要是也老被抓,最好学学他这种心态。弗朗西斯听了他的话,一点也反驳不了。伯纳德接着说:"凯特琳是我的小妹妹,我不想让她惹上麻烦。("可我想去!"凯特琳毫不领情地说。)怎么样,你和玛维丝单干,行吗?"

讨论了一阵后,凯特琳总算被说服了,大家都同意让弗朗西斯和玛维丝单干了。终于,伯纳德说出了他的计划。

"我们一回家,就开始吵着要玩独轮车。然后,我们就假装互相推着玩,把独轮车推到院子另一头,就是门那边的旧羊圈旁边。这样,你们午夜时就方便把车推出去了。对了,别忘了在车轮上绑毛巾之类的东西,省得车轮嘎吱响。我把玩具闹钟借给你,你放在枕头下,这样,到时间了,闹钟只会吵醒你,而不会吵醒其他人。然后你悄悄从餐厅窗户翻出去。我还会把我的新刀子借给你,里面有三把刀片,还有一把螺旋刀。你别把我的刀弄坏了啊。那把刀可以割开帆布,你从马戏团帐篷后面进去。不过,你最好听我的建议,不要去救她。那美人鱼一

51

点也不友好，还不如海豹可爱呢。好了，爸爸妈妈来了，快过来吧。"

于是，他们过去了。

午夜时分，伯纳德的计划进行得很顺利。一切都没问题，只是弗朗西斯和玛维丝惊讶地发现，他们竟然比想象中的还要害怕。像拯救美人鱼这种事，半夜做起来可比白天说起来要难得多了。而且，就算他们觉得自己不是在做坏事，他们还是有种不舒服的感觉，觉得爸爸妈妈可能不会赞同他们做的这件事。所以，他们不可能去向爸爸妈妈征询意见："嘿，我们能半夜带着马车去救美人鱼吗？"这种事，根本没法跟父母开口啊。这种时候，你解释得越多，大人越不会让你去做这件事。

晚上，弗朗西斯躺下的时候，睡衣里整整齐齐地穿着出门的衣服，玛维丝也一样，她睡衣下穿的是蓝色短裙和毛衣。那个玩具闹钟果然没让他们失望，准时在枕头下嗡嗡直响，差点没把弗朗西斯给震聋了。神奇的是，别人一点也没听见这个闹钟的动静。

弗朗西斯轻轻下床，悄悄爬进玛维丝的房间，叫醒了她。然后，他们穿着袜子，踮着脚走进了餐厅。他们无声无息地把那扇法式窗户推开，爬了出去。独轮车还在原地，他们很幸运，带的绳子刚好够把毛巾和袜子绑满车轮。当然，他们也没忘记带上伯纳德的那把小刀。

独轮车很沉，一想到那条傲慢的美人鱼还要蜷在里面，他们就忍不住颤抖了一下。不过，兄妹俩还是轮流推车，顺着黑漆漆的小路，往海边镇集市那片空地走去。

"夜够深了吧？"玛维丝问道。这时，他们已经可以看见马戏团的帐篷了，在星光下显得白幽幽的，"已经两点了吧。"

"够晚了。"弗朗西斯说，"但是吉普赛人也许没睡呢，他们晚上不都要研究星象算命吗？万一他们今晚也要研究星象呢？不如我们把车放在这里，先去前面探探情况吧！"

于是，他们把小车放下了。他们都穿着沙地靴，踮着脚尖，小心地踩在带露水的小草上，静悄悄地接近了帐篷。弗朗西斯差点撞上一条钢绳，还好他一看见就赶紧避开了。

"要是带了伯纳德，他肯定早就把这整得叮当响了。"他不由得想道。他们绕着帐篷爬了一圈，终于来到了放海草和美人鱼的方形小帐篷前。

"被抓住，她们会死。被抓住，她们会死。被抓住，她们会死。"玛维丝一直在小声念叨，她得给自己点勇气，回想下当初为什么决定来救美人鱼。这可事关生死。她心想，生和死啊。

两人在桩子和钢绳间绕来绕去，终于接近了小帐篷。弗朗西斯拿出刀，他既担心小刀不够锋利，又担心小刀割帆布的声音会太大。玛维丝的心怦怦直跳，后来她自己承认，当时她紧张得大脑一片空白。她轻轻挠了挠帆布，弗朗西斯则在试那三把刀片和螺旋刀。这时，从帐篷里面传来了美人鱼的回应声，这多少给了玛维丝一点自信。不过，美人鱼的回应可不是挠一挠帆布。帐篷上突然出现一道黑色的裂口，然后，美人鱼的双手从里面伸了出来，把帆布扒开，露出她苍白的脸蛋。

"马车呢？"她轻声问道。即使她声音再小，还是让孩子们觉得，她比白天的时候还要生气。

弗朗西斯不敢回答，他知道，他的声音不可能像美人鱼那么轻，那声音就像夏夜里最细小的海浪，就像夏日晨间拂过麦田的微风。他只是指了指他们来时的小路，玛维丝连忙爬过去拿独轮车。

他们推着小车，来到帐篷前时，才意识到伯纳德多么有先见之明。要不是他提醒他们事先在车轮上绑好布，他们根本不可能无声地把小车推过那个坑坑洼洼的斜坡。现在，有了这些布，他们就像诗里的阿拉伯人一样，把小车静悄悄地推到了帐篷前。玛维丝又挠了挠帆布，帐篷再次打开了。

"你们有绳子吗？"美人鱼问道。弗朗西斯从兜里把绳子掏出来，递给了她。

她在帐篷上钻了两个洞，然后把裂缝两边的帆布绑在了帐篷上。

"好了。"她双手撑在水箱边上，直起身来，"你们俩得一起抓住我的尾巴抬起来。爬进来，一人一边。"

这活儿可不好干，不仅会全身湿透，而且美人鱼的尾巴该有多滑多沉啊！玛维丝觉得她的胳膊都要断了，但她一直默念着："被抓住，就会死。"就在她马上要坚持不住的时候，重量突然减轻了，美人鱼已经蜷进了独轮车里。

"好了，快走吧。"那个轻柔的声音说。

这话说来简单，但是装上美人鱼的独轮车，得两个孩子拼尽全力才推得动。他们费力地把车往坡上推，慢得就像两头老牛一样。终于，他们把车推到了小路上。借着树篱的阴影，他们停了下来。

"接着走啊。"美人鱼说。

"我们得歇一会儿，实在走不动了。"玛维丝气喘吁吁地说，"你是怎么把帐篷割破的？"

"当然是用我的贝壳刀了。"独轮车里的美人鱼说，"我们的头发里总藏着一把，遇到鲨鱼时能派上用场。"

"这样啊。"弗朗西斯也在大口喘气。

"你们最好继续赶路。"美人鱼说，"这辆车太不舒服了，太小了。而且，越拖越危险。

"再休息半分钟。"弗朗西斯说。

玛维丝安慰她道："你现在很安全。"

"可你们不安全啊。"美人鱼说，"你们知不知道，你们这样算是偷东西。要是你们和我一起被抓住，那该多难堪啊。"

"我们不会被抓住的。"玛维丝乐观地说道。

"大家都睡得正香呢。"弗朗西斯说。现在，终于把美人鱼救出来了，他们觉得自己很勇敢，自信心也噌噌往上涨，"你现在很安全，哎呀，谁啊！"

这时，一只手从树篱后的阴影里冒了出来，一把抓住了弗朗西斯的手臂。

　　"怎么回事，弗朗西斯，怎么了？"玛维丝看不见这边的情况，着急地问道。

　　"怎么回事？又发生什么了？"美人鱼比之前更加气愤了。

　　"谁？是谁？"弗朗西斯扭着胳膊，想从那只手里挣脱。有人在树篱背后回答了，答案很简短，但却是世上最可怕的一个词："警察！"

第四章 感　激

　　难以想象，还有谁的处境比玛维丝和弗朗西斯更糟了。就算是那只蜷缩在破烂独轮车里、离家乡老远的美人鱼，也没有这么惨。事实上，她的处境比起第一次被骆驼毛绑住尾巴时，一点也没变差。但孩子们就不一样了，他们花了多大勇气，才在可怕的半夜跑出来，做这么冒险又无望的事情。他们救出了美人鱼，胜利似乎就在海边等着他们呢，再走个四分之一英里就到了。可是，就在这个节骨眼上，煮熟的鸭子飞了，胜利的王冠被无情地扯下：警察来了！

　　这下可完了，情况确实危险起来了。

　　"我们要在牢房里过夜了！"玛维丝惊恐地说，"妈妈要是发现我们不见了，会怎么样呢？"在她的小脑瓜里，牢房就是那种地下室，又黑暗又潮湿，满地的蛤蟆和蜥蜴爬来爬去，阳光永远也照不进去。她是从书里看来的，罪犯都是在这样的地下室里被审讯的。

树篱后的那个人说完"警察"两个字后，四周陷入了一片寂静。弗朗西斯紧张得嘴巴发干，他咽了咽不存在的口水，说："你要干吗？"

"放开他的胳膊。"玛维丝对藏在树篱后的那家伙说，"我们不会逃跑的，真的，绝对不跑。"

"不要跑。"美人鱼说，"不要丢下我。"

"放开我。"弗朗西斯说着，又开始挣扎起来。突然，玛维丝猛地扑向那只手，一把抓住手腕，狠狠地低声道："他根本不是警察。出来，别躲在篱笆后面。"说完，她使劲一拽，把一个人直接拽了出来。

他绝对不是警察。这家伙又矮又瘦，警察都是又高又壮的。他也没穿蓝色的警服，而是穿着一身粗呢夹克衫和一条棉绒灯笼裤。这个人，其实是个小男孩。

弗朗西斯总算松了口气。

"你这个小东西。"他说，"吓死我了。"

"你才是个小东西呢，她更是，瞧她那尾巴。"小男孩回嘴道，玛维丝倒是没从他的声音里听出恶意来，"天哪，我不是提醒过你们吗？她没咬你们吗？没拿那条大尾巴抽你们吗？"

这下，玛维丝和弗朗西斯总算记起他来了。这不是那个戴亮片帽的小男孩嘛。不过，他已经下班了，穿上了和你我一样正常的衣服。

"不管你刚刚为什么要那么做。"玛维丝气恼地说，"都太过

分了。"

"只是开个玩笑嘛。"小男孩说，"下午，我不小心听到你们聊天了，就想着要加入你们。可是我睡得太沉了，没听见你们过来。等你们把她救出来了，我才醒。所以我赶紧抄近路，到树篱这里把你们拦下了。怎么样，兄弟，我装警察装得很像吧?"

"你打算怎么样?"弗朗西斯冷冷地问道，"告诉你爸爸吗?"这时，玛维丝突然意识到，这小男孩之前就没跟他爸爸讲，那以后应该也不会讲吧。

"我没爸爸，"戴亮片帽的小男孩说，"也没有妈妈。"

"你们要是休息够了，就赶紧走吧。"美人鱼说，"我浑身都干透了。"

玛维丝很理解她，美人鱼浑身干透了，应该就跟我们浑身湿透了一样难受吧。

"对不起，"玛维丝柔声说，"但是……"

"你们一直让我这么待在陆地上，简直太不体贴了。"美人鱼自顾自地说，"我早该知道，就算是你们……"

但是，弗朗西斯打断了她。

"你打算怎么做?"他又问了那个小男孩一遍。

但是，那个小男孩出人意料地往手上吐了口唾沫，搓了搓，说："我打算怎么做? 当然是帮你们一把了。"

美人鱼伸出一只白白的胳膊，摸了摸他。

"你是个英雄。"她说,"就算你穿着戴亮片的衣服,我也能看出你内心的高贵品质。我准许你,亲一亲我的手。"

"我的天哪……"弗朗西斯忍不住说。

"我可以吗?"小男孩兴奋地问,他完全不像另外两个孩子那么紧张。

"亲吧。"玛维丝悄悄地对他说,"多做点让她心情好的事。"

于是,戴亮片帽的小男孩亲了亲美人鱼微微湿润的手,然后推起小车,几个人一起往海边走去。

对于小男孩的出现,玛维丝和弗朗西斯都很感激,所以,他们没有问他任何问题。只不过,两个孩子心里都有些奇怪,什么样的人才会帮别人偷爸爸的美人鱼呢?在他们第二次休息的时候,小男孩自己解释给他们听了。

"瞧,"他说,"就像独轮车里的这个人……"

"我知道你没有恶意。"美人鱼甜甜地说,"但这不是独轮车,我也不是人。"

"喊她女士吧。"玛维丝说。

"好吧,马车里的这位女士,她是被绑架了,跟我一样。"

这倒是很新奇,玛维丝忍不住惊呼道:"你?被绑架的?天哪!"

"是的。"小男孩说,"我还是个婴儿的时候,就被绑架了。罗曼老妈妈告诉我的,后来她半身瘫痪了,再也说不出一个字来了。"

　　"可是，为什么啊？"玛维丝问道，"书里总说吉普赛人会偷小孩，我还不信。他们自己生的不是挺多的吗，为什么还要偷别人的？"

　　"是啊。"美人鱼说，"他们还用棍子戳我呢，好多好多棍子。"

　　"他们并不是为了孩子，"小男孩说，"而是为了复仇。这都是罗曼老妈妈告诉我的。我爸以前是个法官，因为乔治·李偷猎，他把他抓住在牢里关了18个月。他被抓住的那天，教堂的钟响个不停。乔治问：'又不是礼拜日，钟为什么响个不停？'于是，他们就告诉他。我爸爸，那个法官，刚有了个儿子，也就是我。你看到现在的我，可能觉得很难相信，但我确实是法官的儿子。"说着，他又狠狠吐了口唾沫，抬起了独轮车的扶手。

　　"然后呢？"他们又艰难地往前走时，玛维丝问道。

　　"哦，乔治坐完牢出来时，我已经一岁半了。乔治把我偷出来的时候，我还穿着用蕾丝、绸缎和手套改的小鞋子呢。后来，乔治老揍我，害我变成现在这个样子。"

　　"停下来歇歇吧，满身亮片的朋友。"美人鱼的声音甜得像是蜜糖一样，"然后再接着讲你那可怕的故事。"

　　"没有什么然后了。"小男孩说，"后来我倒是弄到了当时的一只鞋，是罗曼老妈妈偷偷藏起来的。哦，还有一件小衣服，就像女士的手帕一样，角落里用针线绣着'R.V.'，她没说我爸在哪儿当法官。她本来要第二天告诉我的，但第二天她就说不出话来了。"

说着，他用袖子擦了擦眼睛。

"她不是坏人。"他替罗曼老妈妈解释道。

"别哭。"玛维丝笨拙地安慰道。

"哭？我？"他有些自嘲地说，"我只是伤风了。你知道伤风和伤心的区别吧？你上过学吧？学校里肯定教过。"

"那些吉普赛人没把你的鞋子和小衣服抢走？"

"没人知道我拿了这些东西。我把它们用纸包起来，藏在我的衣服里。如果上台要穿紧身衣，我就把它们藏在别的地方。我本来打算这几天就逃走的，沿路问问有没有谁家九年前的四月，丢了个穿蓝鞋和小衣服的孩子。"

"那你今年10岁半了？"玛维丝说。

小男孩有些崇拜地看着她，说："你怎么这么快就心算出来了？没错，我是10岁半了。"

休息了一会儿，他们推起独轮车，又开始磕磕绊绊地往前走。一直到下一站休息点，他们都没有再讲别的话。沿着这条弯弯曲曲的小路走下去，就能到海边了。路的尽头，是一片宽广的沙滩。这里比集市那片空地亮堂多了，月光穿过厚厚的白色云层，照得海面波光粼粼。他们爬下坡的时候，不得不手脚并用，才勉强把车稳住。因为从看见海的第一眼起，美人鱼就像是看见圣诞树的孩子一样，兴奋得在车里上蹿下跳。

"瞧呀！"她大喊道，"好看吧？这是世上最美的家！"

"不一定吧。"小男孩说道。

"啊！"独轮车里的美人鱼说，"对了，你是那个啥的继承人，那个啥来着？"

"英格兰某个高贵庄园的继承人吧，也很美。"玛维丝说。

"是啊。"美人鱼说，"我一看就知道，他的出身一定很高贵。"

"照顾好这个孩子，他说，他的出身非同一般。"弗朗西斯哼着歌，心里有些气又有些难过。他和玛维丝花了多大的心血、冒了多大的险，才把美人鱼救出来。可现在，戴亮片帽的男孩却变成了美人鱼的宠儿，美人鱼只对他好。这也太过分了吧。

"可是，你的家一点也不适合我。"美人鱼继续说，"我的家应该都是海草，还有珊瑚和珍珠，湿湿的，舒服又舒心。好了，你们是打算把车推到海边，还是把我抱到海边呢？"

"推过去。"小男孩坚决地说，"然后你自己扭进海里去吧。"

"就按你说的来吧。"美人鱼亲切地说，"不过，你说'扭'是什么意思呢？"

"就像毛毛虫一样。"弗朗西斯说。

"或者海鳗。"

"天哪，恶心的低等生物。"美人鱼惊呼道。孩子们也不知道，她说的究竟是毛毛虫还是海鳗，或者说的是他们几个。

"好了，一起用力吧。"戴亮片帽的小男孩说道。于是，大家一起把独轮车推到了石头的最边缘。就在这时，车轮卡在了一条裂缝里，小车猛地歪向了一边。大家谁也没法及时把车正回来，美人鱼从她的"马车"上摔进了海草里。

这堆海草柔软得很，美人鱼并没有受伤，但她还是勃然大怒。

　　"你们这帮野人！"她说，"就不能向我高贵的救命恩人学学吗？别让车歪了啊！"

　　"我们才是你的救命恩人。"弗朗西斯没忍住，喊道。

　　"是吗？"她毫不留情地说，"一帮平民，一点也不高贵。但是我原谅你们了，谁让你们平民就是又蠢又笨呢，这是你们的本性！不像他，本性就……"

　　"再见。"弗朗西斯转身就走。

　　"不许走！"美人鱼说，"你们得把我抬回海里，省得我还得，照你们的说法，那么丑地'扭'回去。好了，你们一左一右，一个去后面。小心别踩到我的尾巴，你们都不知道，被人踩尾巴有多难受。"

　　"是吗？"玛维丝说，"告诉你吧，我妈妈也有尾巴。"

　　"玛维丝！"弗朗西斯喊道。

　　但是戴亮片帽的小男孩明白了。

　　"她不是每天戴吧？"他说。玛维丝几乎可以肯定，他说话的时候眨了下眼。不能百分百肯定，是因为星光下，要看清人眨没眨眼还是很难的。

　　"看来你妈妈的出身比我想象的要高贵啊。"美人鱼说，"你确定她有尾巴？"

　　"我老在她的尾巴上走来走去。"玛维丝说。

这时，美人鱼已经双手着地，在孩子们的帮助下，费力地扭到了海边。

"太棒了，我终于要回到湿润的大海里了！"她感叹道。

其实不止是她，所有人都湿了。她猛地一扭，跳进了海里，溅得水花高高飞起。

然后，她就这么消失了。

第五章　后　果

三个孩子在海边面面相觑。

"终于完成了！"玛维丝说。

"她一点感恩之心都没有！"弗朗西斯说。

"难道你还指望什么？"戴亮片帽的小男孩说。

他们全身都湿了。天已经很晚了，他们也很累了，云朵急急忙忙地把月亮拉到背后，让月亮也睡觉去了。美人鱼回到大海了，他们的冒险也结束了。

现在，他们也没什么可干的，只能回家睡觉了。他们心里都清楚，明天起床后，还得跟爸爸妈妈解释，为什么他们的衣服都湿了。

"别以为你不用解释。"玛维丝提醒小男孩道。

但是，小男孩什么都没回答。据他们后来回忆，当时真的是一片死寂。

"我完全想不到，我们该怎么解释。"弗朗西斯说，"一点也想不出来。走吧，回家吧。我再也不想冒险了，伯纳德说的话还是很有道理的。"

玛维丝点点头表示同意，她也很累了。

这时，他们已经回到沙滩上，扶起了独轮车，推着车又上了路。在拐角的地方，戴亮片帽的小男孩突然说："那么，再见了，朋友们。"说完，他就顺着旁边的小路消失了。

另外两个孩子继续推车走着，独轮车跟他们一样，也是湿得直滴水。

他们顺着篱笆，经过磨坊，往屋里走去。

就在这时，玛维丝突然扯住了哥哥的手臂，说："屋里亮着灯呢。"

孩子们心头一空，这种感觉我们应该都很熟悉，就是偷偷做什么，结果被发现的感觉。

他们不能确定亮着的究竟是哪扇窗户，但肯定是楼下的窗户，因为有一半被藤蔓遮住了。弗朗西斯心里还抱着点小小的希望，没准他们能悄悄进屋，不惊动那个点亮灯的人呢。他和妹妹爬到他们之前溜出来的窗户前，此时离他们出门，似乎已经过了一个世纪那么久。可怕的是，这扇窗户被关上了。

弗朗西斯说去磨坊里躲起来，待会儿趁人不注意，再偷偷爬回屋。

但玛维丝说："不行，我太累了。我连呼吸都累。我们进去吧，被批评一顿，然后就能上床睡觉了。我只想睡觉。"

于是，他们走了过去，透过窗户往屋里看了一眼。屋里只有皮尔斯夫人在，她刚生好火，正把一口大锅往灶台上放。

于是，孩子们打开后门，走了进去。

"你们怎么这么早？"皮尔斯夫人说着，并没有转过身来。

这话听起来简直太讽刺了，孩子们难以承受，玛维丝直接哭出了声。皮尔斯夫人猛地转过身来，惊呼道："我的天哪！你们这是怎么了？你们去了哪儿？"

她抱住玛维丝的肩膀，说："你这个淘气的小丫头，怎么全身都湿了！看我不告诉你妈妈。哎，趁涨潮的时候去抓虾！涨潮的时候怎么会有虾！瞧我本来打扫得干干净净的，你俩湿得跟在大雨里淋了十天一样，到处滴水。"

玛维丝扭了扭身子，用湿漉漉的手臂搂住皮尔斯夫人的脖子，说："亲爱的皮尔斯夫人，别骂我们了，我们已经很难过了。"

"活该！"皮尔斯夫人明智地说，"小少爷，你快去浴室换衣服，把湿衣服扔出来，再好好用毛巾擦一擦。小姐，你就在火前面把湿衣服脱下来吧，扔进这个干净的桶里。我偷偷上楼给你拿点干衣服下来，你妈妈不会听见的。"

孩子们心中又升起了希望，就像是美人鱼消失的海面上又升起了月光一样。没准，皮尔斯夫人不会告诉妈妈呢。要是她打算告诉妈妈的话，为什么要偷偷走呢？这么看来，她会帮忙保守秘密呢。没准，她会悄悄帮他们把衣服弄干，这样就不用编个解释搪塞妈妈了。

厨房里很舒服，铜器和陶器在火光下闪闪发光，中间有张三条腿的圆桌子，铺着干净的桌布，上面摆放着蓝色和白色的茶杯。

皮尔斯夫人已经从楼上下来了，给他们带来了睡衣和温暖的浴袍，这些都是艾妮德姑妈不顾他们反对，硬塞进箱子里的。现在想来，他们对艾妮德姑妈感激极了。

"好了，总算像点样了。"皮尔斯夫人说，"小家伙，别怕，我不会吃了你们的。我给你们热点牛奶，再弄点面包和果酱来，你们吃了才不会感冒。还好我起来了，还把那些小子们的早饭准备好了。船马上就进港，等他们回来听说这事，肯定要把肚皮笑破。"

"求你了。"玛维丝说，"拜托，千万别告诉他们。"

"我觉得很有趣啊。"皮尔斯夫人一边说，一边从锅里给自己倒了杯茶。后来孩子们才知道，这只锅子已经在火上烧了一整天，晚上她也没让火熄灭，"竟然在涨潮的时候去抓虾！这是我近来听过最好笑的事了。"

"你能原谅我们吗？"玛维丝说，"然后帮我们把衣服弄干，不要告诉其他人？"

"还有什么别的要我做的吗？"皮尔斯夫人问。

"没了，拜托你了。"玛维丝说，"真的非常感谢你，你对我们这么好。那时候还不算涨潮呢，而且我们也没把独轮车弄

坏——虽然确实弄湿了，我们不该不打声招呼就把车推走的，我知道，但你当时已经睡了，而且……"

"独轮车？你们竟然把那么笨重的独轮车推到海边去了？还想用那车把虾运回来？我的天哪，这让我怎么忍得住不跟别人讲？"说完，她往椅子里一靠，大声地笑起来，笑得整个人直抖。

孩子们对视了一眼，被嘲笑的感觉很不妙，尤其是为了没做过的事被嘲笑。不过，他们有种感觉，要是他们告诉皮尔斯夫人，他们把独轮车推走的真正原因，恐怕她会笑得更厉害。

"求你了，别笑了。"玛维丝爬到皮尔斯夫人膝边，恳求道，"你不生气了就好，拜托别告诉其他人，好吗？"

"好吧，这次就饶了你们。但是，你们必须保证，以后再也不做这种事了。"

"你是天使！"玛维丝一把抱住了她。

"你们也是小天使，孩子们。"皮尔斯夫人也抱了抱她，说，"好了，快去睡会儿吧。"

后来，玛维丝和弗朗西斯起得很晚。他们下楼吃早饭时，感觉命运对他们还不算太差。

"你们的爸爸妈妈去骑自行车了。"皮尔斯夫人拿来了蛋和培根，说，"到晚饭时候才会回来，所以，你们才能一直睡。两个小家伙三小时前就去海滩玩了。我跟他们说了，你们需要多睡会儿，别去吵你们，虽然他们好像很想知道你们抓了多少虾。我猜他们觉得你们能抓一车吧，就跟你们当初想的一样。"

"你怎么知道他俩知道我们出去过?"弗朗西斯问道。

"他们一直在说悄悄话,还偷偷摸摸地盯着独轮车瞧。那副样子啊,简直能把猫都给笑死。好了,快吃吧,我还要去洗衣服呢。对了,你们的衣服已经干了。"

"你真是太好了。"玛维丝说,"要是你没答应不告诉爸爸妈妈,现在我们会怎么样?"

"你们就会被关起来,只有面包和水,吃不到这么好的蛋和培根了,也不能去玩沙了。知道了吗?"皮尔斯夫人说。

他们在沙滩上找到了凯特琳和伯纳德,温暖的阳光下,这里看起来倒是值得昨夜的冒险了。这样坐在沙滩上,给昨夜一直躲在温暖、安全、干燥的被子里的两人讲故事,倒也是一件乐事。

"真的。"玛维丝讲完故事后说,"现在坐在这里,看见沙滩上的帐篷,看见孩子们挖沙子、女士们织毛衣、男人们抽烟扔石头,感觉魔法好像不存在一样。不过,你们也都知道了,魔法确实存在。"

"就像我跟你说过的镭一样。"伯纳德说,"这些不是魔法,只是以前没人发现过而已。美人鱼也一直都存在,只是人们不知道。"

"可她会说话啊。"弗朗西斯说。

"有什么稀奇的?"伯纳德淡定地说,"鹦鹉不也会说话吗?"

"但她会说英语啊。"玛维丝努力想说服伯纳德。

"那又怎么样?"伯纳德依然不为所动,"她说出什么有营养的话了吗?"

天空蓝蓝的,海滩美极了,阳光暖暖地洒下来。此时,关于美人鱼的冒险似乎已经结束了,以后就只是他们会讲起的一个故事了。晚饭时间,孩子们一起慢慢往家走时,不禁觉得有些伤感。

"我们再去看看那辆空车吧。"玛维丝说,"就像看女士手套和读诗一样,能让我们找到点昨天的感觉。"

车还在昨天那个地方,但并不是空的。

里面躺着一张脏兮兮的纸,折了起来,最上面用铅笔模糊地写着:弗朗西斯亲启。

于是,弗朗西斯展开纸,大声读道:"我回去了,她也回去了,她让我告诉你们今天午夜再去。——卢比"

"我才不去呢。"弗朗西斯说。

突然,一个声音从篱笆后响起,吓了他们一大跳。

"别让别人看到我。"戴亮片帽的小男孩小心地从树篱里冒出头来。

"看来,你很喜欢藏在树丛里啊。"弗朗西斯说。

"没错。"小男孩问道,"你不打算去再见她一次吗?"

"不去。"弗朗西斯说,"我已经受够了午夜冒险。"

"小姐,你不去吗?"小男孩问道,"真不去?你们太没劲了,看来我只能自己去了。"

"我要是你的话,就会去的。"伯纳德劝道。

"不，你不会去的。"弗朗西斯说，"你都不知道，她有多过分。我受够她了。而且，我们半夜也溜不出去了，皮尔斯夫人会盯着我们的。所以，不去。"

"但你一定得想法子去啊。"凯特琳说，"不然就是半途而废了。你这样，让我怎么相信真的有魔法啊？"

"你要是我们的话，保管已经厌烦魔法了。"弗朗西斯说，"不如你们去吧，你和伯纳德。"

"我倒是挺想去的。"伯纳德出人意料地说，"但不能半夜去，因为我一定会把靴子弄掉的。凯特琳，你愿意去吗？"

"我之前就想去的啊。"凯特琳有些不高兴地说。

"你们又不想半夜去，这事怎么办？"其他人问道。

"嗯。"伯纳德问小男孩，"我们得想个办法。我们得去吃晚饭了，你待会儿还在吗？

"在，我就待在这里。你们等下给我带点吃的来吧，昨天午茶后，我就再没吃过东西了。"

弗朗西斯有些同情地问："因为你把自己弄湿了，他们罚你不许吃饭吗？"

"他们根本不知道我弄湿了。"他沉着脸说，"我没回马戏团去，直接溜了，以后就再也不回去了。"

"那你打算去哪儿呢？"

"没想过。"戴亮片帽的小男孩说，"我只想过逃离那儿，没想过逃去哪儿。"

第六章 **美人鱼的家**

　　玛维丝、弗朗西斯、凯特琳和伯纳德的父母都是很通情达理的人，如果不是的话，那这个故事就不会发生了。他们就跟所有的爸爸妈妈一样，跟他们待在一起很愉快。但是，他们和其他爸爸妈妈又有不同，因为他们很少把孩子们拘在身边。因为他们明白，小孩子们并不喜欢时刻和父母在一起。于是，有时候，他们一大家子会聚在一起玩耍，而有时候，爸爸妈妈则会去享受二人世界，让孩子们自己玩耍。而这天下午，莱明顿要举办一场音乐会，爸爸妈妈决定去听一下。临行之前，他们问了下孩子们愿不愿意一起去，孩子们都说不想去。

　　"好吧，"妈妈说，"那你们去做自己喜欢的事吧。我要是你们的话，就去海滩上玩。只不过，千万别拐过悬崖那个角去，那儿涨潮的时候很危险。只要你们别去岸边警察看不见的地方，就可以了。你们还要吃饼吗？不吃的话，我就去换衣服了。"

"妈妈,"凯特琳突然说,"我们能拿点饼,送去给一个小男孩吗?他说,他从昨天起就没吃过东西了呢。"

"那小男孩在哪儿?"爸爸问道。

凯特琳的小脸一下涨得紫红,玛维丝连忙小心地说:"在外面,现在出去应该还能找到他。"

"拿吧。"妈妈说,"你们还可以去找皮尔斯夫人,让她给你们拿点面包和奶酪。好了,我得赶紧换衣服了。"

"我和凯特琳去帮你,妈妈。"玛维丝说着,拉着凯特琳离开了饭桌。因为她发现,爸爸似乎还想接着问他们问题。至于男孩子们,刚听到凯特琳不小心说出卢比的事,他们就忙不迭地逃了出去。

"我那么说是有原因的。"后来,他们出门的时候,凯特琳争辩道,"我说之前,就发现妈妈着急要走了。而且,做事之前先征求下同意,总是没错的。"

这时候,他们正小心翼翼地端着一盘李子馅饼,随手提着些面包和奶酪往外走。

玛维丝说:"美人鱼想见我们,我们只用去海边,念一句'美丽的萨布丽娜',她就会出现了。如果只是见个面就还好,要是她还想让我们午夜大冒险,我是肯定不会答应的。"

卢比一看见食物,就狼吞虎咽了起来。他的吃相虽然有些吓人,但看得出来,他十分享受这些美味,因为凯特琳问他好不好吃的时候,他只花了半秒回答:"嗯,谢了。"就又埋头大吃起来。

等卢比咽下最后一口奶酪，又舔完最后一点李子汁后（他用的是锡勺子，因为皮尔斯夫人说，要做最坏的打算），弗朗西斯说："好了，我们直接去海边见她吧。你要想和我们一起走的话，我们就帮你伪装下，怎么样？"

"怎么伪装？"卢比问道，"我有次用绿色的假胡子伪装了下，结果连狗都没骗到。"

"我们商量了下。"玛维丝小心地说，"最好的伪装，就是让你穿女孩的衣服。"听到这里，卢比的脸色一下子沉了下来，玛维丝赶紧说："因为你是个大男子汉啊，你要是扮个女孩，别人肯定想不到。"

"那好吧。"戴亮片帽的小男孩还是觉得有些受伤。

"我给你带了些我的衣服，还有弗朗西斯的沙地靴。你这么伟岸，我的靴子你肯定穿不下。"

这下总算把卢比逗得哈哈大笑，他像唱歌剧一样说道："来吧，马屁精，给朕更衣。"

"哎，你会唱《吉普赛女爵》呀，好厉害！"凯特琳说。

"罗曼老妈妈会。"说到这里，卢比又不笑了，"行了，快把衣服给我吧。"

"要不你把外套脱了，钻过来，我们帮你穿？"弗朗西斯提议道。

"你们先让我在衣服外面套件裙子吧。"卢比说，"免得有人路过，认出我是逃跑的吉普赛小孩。快，给我把绸袍子和珠宝递过来。"

于是，孩子们从卢比扒开的缝里，把裙子和外套递了过去。

"好了，把帽子递过来吧。"说着，他伸出手，想把帽子接过去。可是，帽子太宽了，没法从缝里塞过去，他们只好把卢比从缝里拉了过来。卢比刚站稳，姑娘们就把一顶大帽子扣在了他的脑袋上，上面还缠着一圈蓝色的围巾。弗朗西斯和伯纳德则一人抓住他的一只脚，给他套上褐色的袜子和白色的沙地靴。就这样，从吉普赛营地逃跑的小男孩被新朋友们打扮成了一个有些害羞的漂亮小姑娘。

"好了。"他低头看了眼裙子，露出个不好意思的笑容，说，"我们走吧。"

说走就走。他们把勺子、盘子和卢比的旧靴子藏在了树丛后，就直接到海边去了。

很快，他们就来到了一块漂亮的海滩上。这片海滩坐落在岩石和山崖之间，沙子很细腻，还有些漂亮的小鹅卵石。

这时，伯纳德突然停下了脚步，说："如果美人鱼出现了，我倒是很乐意跟她去冒险，但凯特琳不许去。"

"这不公平。"凯特琳说，"你之前还说我可以跟着你们的。"

"有吗？"伯纳德潇洒地看了其他人一眼。

"你说过。"弗朗西斯简短地答道。玛维丝也说："没错。"

卢比则说："你自己说的啊，要她跟你一起来。"

"好吧。"伯纳德淡定地说，"看来我不能一个人去了。"

"真烦。"三个孩子一齐说道。而凯特琳则说："我真不明白，为什么你们干什么都不让我参与。"

"行了。"玛维丝不耐烦地说，"看个美人鱼又没什么危险。你只要保证，没有伯纳德的同意，你什么都不会做就行了。就因为他把你当最宝贝的妹妹，你就要当他的奴隶吗？我真搞不懂。伯纳德，这样行吧？"

"我什么都答应。"凯特琳都快哭出来了，"只要你们带我去见美人鱼。"

于是，事情就这么决定了。

那么只剩一个问题了，他们要在哪儿念咒语呢？

玛维丝和弗朗西斯觉得在岩石边好，因为他们上次就是在这里成功召唤出了美人鱼。伯纳德却说："为什么不能就在这里呢？"凯特琳还是很难过，觉得不管在哪儿都行，只要美人鱼能来就好。卢比穿着那身裙子，僵硬地站在原地，说："你们要是像我一样逃亡过的话，就该知道，这种事，在越隐蔽的地方越好。山洞里怎么样？"

"不涨潮的时候，山洞里就没有水啊。"弗朗西斯说，"可涨潮的话，那里水又太多了。"

"不是所有山洞都这样啊。"卢比说，"我们爬到那边的悬崖上，那里有个山洞。我之前躲到那里去过，里面只有一个角落里有水，完全满足你的要求。那里的石头像个天然水槽，不过比水槽深多了。"

"是海水吗?"玛维丝担心地问道。

"应该是吧,毕竟是海边啊。"卢比答道。

说是海边,其实山洞里的水还真不是海水。卢比带着他们绕到悬崖边,爬到山洞在的地方,刚扒开掩住洞口的藤蔓,弗朗西斯立刻发现,这里的水不是海水。这里比海平线高出太多,就算是刮大风下暴雨,也不可能把海水卷到这儿来。

"这里不行。"他说。

其他孩子一齐说道:"试试嘛,我们都爬到这儿来了。"于是,他们一起走进了昏暗的山洞里。

山洞里很漂亮,不像悬崖那样,都是光秃秃的白垩石。这里是铺天盖地的灰燧石,就像布莱顿和东伯恩那里的教堂一样。

"这可不是天然的洞穴。"伯纳德煞有介事地说,"而是古人亲手建造的,就像巨石阵和基特古村一样。"

洞里光线很暗,只能靠洞口洒进来的一线阳光照明,好在他们的眼睛很快适应了黑暗。山洞的地面上铺着一层干燥的白色沙子,尽头处有个窄窄的池子,里面的水黑漆漆的,一看就很深。池边长满了绿油油的蕨草,长长的叶子垂到了水面上。水面反射了洞口的阳光,悠悠地闪着白光。这池水很静很静,不知怎么的,孩子们就是知道,这水深得很。

"这里肯定不行。"弗朗西斯说。

"可这个山洞很漂亮啊。"玛维丝安慰大家道,"谢谢你带我

们来，卢比。这里这么凉快，我们休息一会儿再走吧。一路从悬崖底爬上来，我都快热死了，我们等下再回海边吧。卢比，你要是觉得这里更安全，就待在这里吧。"

"好吧，各位请坐。"伯纳德说完，大家一起坐在了水池边上。卢比的动作很别扭，看来他还是没习惯那身裙子。

山洞里很安静，只偶尔有一些调皮的小水滴，从洞顶跳进水池里，在平静的水面上荡出一圈圈涟漪。

"这山洞的位置太妙了。"伯纳德说，"比你那个灌木丛隐蔽多了，可能没什么人知道这个地方吧。"

"除了我们，就没人知道这里了。"卢比说，"几天前，我挖蕨菜的时候才把洞口挖开，不然根本进不来。"

"我要是想找个躲的地方，就一定会选这里。"伯纳德说。

"我就是这么打算的。"卢比赞同道。

"休息够了吗？我们走吧。"弗朗西斯刚说完，凯特琳就恳求道，"别这样啊，我们试着念一下'美丽的萨布丽娜'吧！"

于是，大家一起念了起来。只有卢比没念，因为他不会。

"美丽的萨布丽娜，倾听你们所坐之处。在那如玻璃般冰凉通透的水浪里。"

突然，水声一响，池子里出现了一个旋涡，美人鱼就这么冒了出来。

这时，孩子们早就适应了昏暗的山洞，所以，个个都瞧得清清楚楚的。只见美人鱼向他们伸出了手，脸上还带着甜甜的笑容，孩子们都看呆了。

"高贵的救命恩人们。"她说道，"我最亲爱、最可爱、最勇敢、最高贵、最无私的勇士们！"

"哪有恩人们，你的恩人不就只有卢比一个吗？"弗朗西斯有些郁闷地说。

"他确实是我的恩人，但你们也是啊。"美人鱼说着，轻轻摆了摆尾巴，把手撑在了水池边上，"真是太对不起了，我们这个种族，只要离开水，就会很多疑，还会被陆地上的空气影响。当时我说了那么可怕的话，实在是太……那个词怎么说来着？"

"势利。"弗朗西斯义正词严地答道。

"原来你们用'势利'来形容那种行为。你们的空气里充满了'势利'这种细菌，而且特别容易传染给别人，所以我当时才会那样。勇士们，请一定要原谅我，好吗？我实在是太自私了，唉，真可怕。但是，干净的海水已经把我净化了。虽然不是我的错，但我还是觉得很内疚。"

孩子们都说没关系，不要紧，让她不要在意这些了。你们也知道，别人向你道歉，而你又不能亲一亲他，说"乖，没关系"，你也就只能说些这样的话来安抚别人了。

"真是太奇怪了。"美人鱼若有所思地说，"那个小男孩，他高贵的出身，不知怎么的，就是让我觉得很厉害。当时的我会这么想，实在是太奇怪了。不管怎样，我想邀请你们跟我回家，去看看我住的地方。"

说完，她开心地看着孩子们，可他们只是说了句"谢谢"，就开始茫然地互相看着。

她以为他们不愿意，哀求道："我的族人们看见你们，一定会非常高兴。我们美人鱼族知恩图报，你们千万不要以为我们是不知报恩的小人啊。"

她看起来很和善，很友好。但弗朗西斯竟一下想到了传说中的罗莱丽，水手们看见这些女妖，一定也觉得她们"很和善，很友好"。然后，他们就被无情地杀死了。这些是弗朗西斯上学期从海涅的诗里读到的，他德语一般，借助了字典才看懂的。与此同时，玛维丝也想到了类似的故事。她想到的是水精的故事，因为她觉得美人鱼漂亮的眼睛里并没有多少真诚。凯特琳就不一样了，她想到了英国诗人的《被遗弃的美人鱼》，所以她一点也不紧张，天真地问道："你是要我们和你一起，到海底去吗？那里有海蛇翻滚，在海里汲取温暖；那里有巨鲨游过，张大永不闭的眼，一直游到天边去。"

"其实不是那样的。"美人鱼说，"不过你们马上就能亲眼看见了。"

听到这里，伯纳德心中警铃大作，他突然问道："那你为什么要约我们午夜见面？"

美人鱼睁着无辜的眼睛，有些惊讶地问："书里不都这么写的吗？你们有童话故事和海底传说，我们也有陆地故事和传说

啊。书里不总说，勇士骑着黑色的骏马，在午夜时分到达城堡
门口吗？有的故事里是黑马，有的是红马，还有的是灰马，反
正都是很漂亮的马。不过你们有四个人，再加上我和我的尾
巴，骑士非得驾着马车来救才行。行了，我们得走了。"

"往哪儿走？"伯纳德问道。其他几个孩子屏住呼吸，等着
美人鱼回答。

"往我来的地方走啊。"她理所当然地指了指水池，说，"这
儿。"

"非常非常感谢你。"玛维丝的声音都有些颤抖了，她说，
"不知道你听说过没有，我们这些没有尾巴的人类，这样下水的
话，是会被淹死的。"

"那是因为没有人接引。"美人鱼说，"我们可不会去管那些
闯入者，但就算是他们，也没有经历什么可怕的事情啊。有人
给我讲过水宝宝的故事，你们听过吗？"

"听过啊，但那只是个故事。"伯纳德冷冷地说道。

"没错，但故事里说的大部分是真的。不过，你们不会像故
事里那样，长出鳃和鳍，所以不用担心。"

孩子们互相看了看，又一起看向弗朗西斯。他说："谢谢你
的好意，但我们还是不去了。"

"你们知道自己在说什么吗？"美人鱼好心地说，"瞧，很简
单的。我给你们一人一缕头发。"说着，她拿出那把贝壳刀，割
下了一缕缕柔软的长发。

"把头发绕到你们的脖子上，瞧，就像这样。要是当时我脖子上绕着人类头发的话，就不会在陆地上那么痛苦了。然后，你们跳进水里就行了。别睁开眼睛，倒不是因为有危险，而是怕你们被迷了眼。"

孩子们把头发接了过去，但谁也不敢太当真，这可是生死攸关的大事。

美人鱼见他们还在犹豫，像哄小孩一样说道："你们好傻呀，要是没准备好体验魔法，又为什么要尝试魔法呢？这可是最小儿科的魔法了，也是最安全的。还好你们召唤出来的不是火灵，要是火灵让你们把火蜥蜴缠在脖子上，跳进维苏威火山，那你们可怎么办啊？"

她说完，把自己给逗笑了。只不过，这笑声听起来有些恼火。

"好了，别犯傻了。"她说，"这机会可是千载难逢。而且，我已经受不了你们这里的空气了，满是可怕的人类细菌——怀疑、恐惧、愤怒和仇恨。我可不想多待一秒，万一把我传染了怎么办？走吧。"

"不去。"弗朗西斯说着，举起她的那缕头发，要还给她。玛维丝和伯纳德也举起了手，只有凯特琳，已经把那缕头发缠在了脖子上。她说："我倒是很想去，可我答应了伯纳德，凡事都要先征得他的同意。"

美人鱼转向了凯特林，伸出手去，想取回她的头发。

凯特琳向着水面弯下腰去，想把脖子上的头发解开。就在这时，美人鱼突然从水里冒了出来，伸出白白的胳膊，一把抓住凯特琳，把她拖进了水里。只听扑通一声，她就这么带着凯特琳消失在了黑黢黢的水里。

玛维丝尖叫了一声，她早想到美人鱼没安好心。弗朗西斯和伯纳德以为他们没喊出声，其实他们也同时在尖叫了。

卢比什么也没说，他就没想过把头发还给美人鱼，而且和凯特琳一样，他也把头发缠在了脖子上。这时，他把头发绑紧了些，往前走了一步，说出了孩子们听过的最高尚的话："她给我吃过李子派。"说完，他一头扎进了池子里。

只见黑色的水一下就吞没了他，但他的行为无疑给另外几个孩子带来了勇气。卢比没有挣扎；他一路向下潜，好像不潜到底就决不罢休一样。

"她是我最特别的姐妹。"说完，伯纳德也跳进了水里。

"这魔法最好管用，就算不管用，我们也不能扔下凯特琳回家去。"玛维丝激动地说完，和弗朗西斯手牵手，一起跳了下去。

其实，并没有他们想象的那么可怕。从凯特琳消失在水里的那刻起，他们就已经有些相信魔法了，就像懒懒的睡意、莫名的花香、悠扬的乐曲一样，你说不出个所以然来，但就是能感觉到。有时候，你总觉得会发生很可怕的事，但一旦你开始面对，就会发现这些事很有可能不会发生。就像现在，他们实在无法相信，美人鱼那么温柔地跟他们说话，就为了突袭他们，把自己的救命恩人统统淹死。

"没事的。"跳下去的时候，弗朗西斯大喊道。

然后，跳进水里的时候，他连忙闭上了嘴，一路向下游去。你们有没有做过这样的梦？梦里，你变成了游泳高手，在水里毫不费力，想游多快就能游多快。现在，孩子们就有这种感觉。他们碰到水的那一刹那，就知道魔法是真的了。在水里，他们就像在陆地上一样自在。

一到水里，他们就自然而然地变成了头朝下、脚朝上的姿势。他们一下一下地划着水，很轻松就能游很远。突然，弗朗西斯和玛维丝发现自己的脑袋冒出了水面。

"目前看来，一切还好。"玛维丝说，"可是，我们该怎么回去呢？"

"就把一切交给魔法吧。"弗朗西斯说完，游得更快了一些。

　　这个洞是由墙边的柱子撑起来的，四面闪着鳞光。洞里的水是深绿色的，十分清澈，两边点缀着许多海葵和海星，不管是颜色还是形状，都是顶漂亮的。洞壁四四方方的，上面有着白色、蓝色和红色的条纹。洞顶是贝母做的，在鳞光的照耀下，闪烁着柔和的淡淡金光。这里真是美极了，游起来又这么轻松，孩子们终于一点也不害怕了。

　　就在这时，前面突然传来一个声音："快呀，弗朗西斯、玛维丝。"那不正是凯特琳嘛。

　　于是，他们加快了速度。光越来越亮了，照在他们的路上，就像夏夜里洒在海面上的月光一样好看。这时，他们已经能够看清，这光是从前面的一道门发出的。门前有许多台阶，而凯特琳、卢比、伯纳德和美人鱼正坐在第五层台阶上等着他们呢。

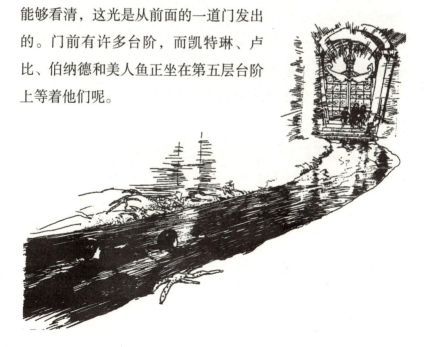

这时的美人鱼没有尾巴，她的尾巴就像我们脱下的袜子一样，被好好地摆在台阶上呢。她的下半身穿着条红色海草编织的裙子，光着双白白的脚。

裙子编织得很精致，但孩子们还是一眼看出，那就是海草做的。不知怎么的，伯纳德、凯特琳和卢比也穿着海草做的衣服，而卢比那身也不是女装，而是男装了。这时，玛维丝和弗朗西斯也走上了台阶，他们低头一看，自己的衣服也变成了海草做的。

"好看是挺好看的，就是穿回家有点奇怪。"玛维丝说。

"好了。"美人鱼说，"请原谅我的冒失。可不这样的话，你们永远也不会下水的，我也有些不耐烦了，都怪你们那里的空气。这里就是我们王国的大门了，你们还是想进去看看的吧？只要你们愿意，哪里我都能带你们去，但我不会强迫你们。你们要是不能完全信任我，最好还是别进去了。怎么样，进去看看吧！"

"好。"孩子们都同意了，只有伯纳德坚决地说，"我不愿意进去，但我又有点想试试。"

"那就进去吧，你心底一定是愿意的。"美人鱼说，"有件事要告诉你们。你们现在呼吸的不是空气，也不是水，而是一种陆地人和水底人都能呼吸的东西。"

"就像公约数一样。"伯纳德说。

"或者一个简单的等式。"玛维丝说。

"A等于B，B等于C，则A等于C。"弗朗西斯说。

说完，他们三个惊异地看着对方，都不知道嘴里怎么突然冒出这样的话来。

"别担心。"美人鱼说，"是因为这个地方的缘故。这里名叫'知识山洞'，一开始很懵懂的人，会变得越来越聪明。就像来这里的路一样，开始很黑暗，靠近大门的地方却很光明。这里的石头都是书做的，每个石头缝里都会漏出知识来。我们已经在尽力遮住这些缝了，你看那些海草、海葵。可是不管我们怎么尝试，知识还是会漏出来。我们进去吧，到时候你们就该会说梵文了。"

她打开大门，一束灿烂的阳光照在他们身上，他们隐约能看到门里的绿树和宝石般美丽的花朵。她把他们拉了进去，然后关上了门。

"我们就住在这里。"她说，"不后悔来这一趟吧？"

天塌了

孩子们穿过金色的大门时，发现脑子里那种涨涨的不适感突然消失了，只留下一片清明。就这么一会儿，他们已经觉得自己比以前聪明很多了。

"我会做加法了，而且都能做对了。"伯纳德悄悄对凯特琳说。凯特琳则表示，她能轻松算对日期了。

玛维丝和弗朗西斯也有感觉，他们觉得自己思路从没这么清晰过。孩子们从大门鱼贯而入，卢比跟在玛维丝和弗朗西斯身后，美人鱼则走在最后。她捡起了放在地上的鱼尾，就像我们穿披巾一样，把尾巴搭在手臂上。她关上了门，咔嗒一声把门锁上了。

"我们不得不小心点。"她说，"书里的那些人，老想从山洞里跑出来。其中有一些可不讨人喜欢，比如仙童夫人，那女人可会惹事了；还有玛卡姆夫人，她总能把所有人惹生气。有些人就这样，以为自己很风趣，其实顶讨人厌。"

一行人沿着铺满草地的小路往前走着，路两边是精心修剪过的树篱。不过，玛维丝靠近看的时候，发现他们眼中的树篱不是树做的，而是柔软的海草做的。

"我们到底在不在水底啊？"玛维丝突然停下脚步，问道。

"那要看你理解中的水是什么了，对吧？人类是无法在水里呼吸的，可你们呼吸得很顺畅，说明这不是水。"

"这我知道。"玛维丝说，"可是，海草那么软，在空气里怎么可能这样立着呢？"

"呀，被你发现了。"美人鱼说，"你觉得这不可能是水，可它偏偏是水。这里的一切都是这样的。"

"你说过的啊，你住在水里，你想念那种湿润的感觉。"玛维丝说。

"我不是告诉过你们吗，美人鱼在陆地上说的话都算不得数。"美人鱼提醒他们道。

说话间，他们已经来到了一座珊瑚桥上。桥下，一条深深的小溪静静地流淌着。

"可是，如果我们在水底的话，这算怎么回事？"伯纳德指了指脚下的小溪。

"啊，这下你们问倒我了。"美人鱼说，"我没法用你们能听懂的话，把这一切解释清楚。走吧，宴会要开始了。"

"你们的宴会上都有什么？"伯纳德问道。

美人鱼甜甜地回答："吃的呀。"

"没喝的?"

"没有啊。"她说,"你们理解不了的,我们喝东西,但不是你们那种喝。"

草地小道越来越宽,很快,他们就走上了一座贝母平台,很光滑,很耀眼。平台尽头是一道珍珠台阶,通往一个世间最美的花园。那个花园实在是太好看了,世上最厉害的园艺大师,用世上最高级的园艺书,花上一辈子,也造不出这么美的花园。

奇怪的是,他们离开花园之后,再说起那个花园,却发现他们记得的细节竟然都不一样。比如说床的形状、小路的方向、花的种类和颜色,总之全都不一样。但他们都同意一点,那就是这个花园绝对是最漂亮的。

远处有一排树,树后面隐约露出一些房顶,看着亮晶晶的,就像宣礼塔顶那样是圆的。那里传来一阵阵音乐声,朦朦胧胧的,听不清调子。但是,随着他们越走越近,曲调也能听清楚了,他们发现那是世上最动听的乐曲。

"哎呀,"这是卢比下来后第一次开口,"这还真是奇妙啊。"

"好了,"走近那排树之后,美人鱼说,"有礼物要给你们哦。"

"谢谢。"大家异口同声地说,但是没人好意思开口问礼物是什么,尽管大家都非常好奇。最后,还是卢比没有憋住,问了出来。

美人鱼答道："表彰大会。"

"是跟章鱼有关系吗？"凯特琳说，"我好像听爸爸说起过。"

"跟章鱼一点关系都没有。"美人鱼说，"你们可能会觉得有些沉重，不过大会结束后，就会很好玩了。别害怕，凯特琳。玛维丝，别再抹你的头发了。在这里，一切不洁净都无法存在。我们的女王要向你们表示感谢。不愿意？你们早该想到的吧。你们这么崇高，跑去救我，难道没想过事后会受到表扬？对了，到时候别忘了鞠躬。没什么可怕的。"

他们穿过那排树，来到了一片空地上，面前就是一座珍珠和金子造的宫殿，微微闪着光。宫殿里有一座银制的王座，上面坐着世上最美的女人。她戴着一顶星光闪闪的王冠，穿着一件绿色的礼服，还有一双金色的鞋子。她看着他们，笑得那么和善，让人不由得忘掉了所有恐惧。那动听的音乐声匆匆停住了，孩子们觉得自己被轻轻推了一把，然后就这么站到了王座前面。王座四周站满了人，环绕在他们立着的广场周围。

女王站起身来，把她的王杖递到了孩子们面前。王杖末尾也闪着星光，和她的王冠相得益彰。

"欢迎。"她用比那音乐更动听的声音说，"欢迎来到我们的家。你们如此善良、勇敢、无私，我所有的臣民都该向你们致敬。"

话音刚落，周围所有的人都向他们弯下了腰，就像被风吹弯的小树苗一样。女王也走下台阶，向孩子们伸出了手。

那只温柔的手依次落在他们的脑袋上时,孩子们不禁有些哽咽了。

然后,人群直起了身子,有人用喇叭一样的声音说:"这些孩子救了我们。被抓住,我们就会死。为他们欢呼!欢呼!"

然后,一阵阵欢呼声如同浪潮一般,从人群中席卷而来。大家都激动地挥起了手绢,孩子们都看不清哪块手绢是谁的了。这时,被他们所救的美人鱼说话了:"好了,宴会该开始了吧,母亲?"

"开始吧,女儿。"女王答道。

原来,他们救的美人鱼竟是女王的女儿。

孩子们走在女王身后,玛维丝说:"原来你是位公主。"

"难怪弄得这么声势浩大。"伯纳德说。

"不管你们救的是谁,我们都会开这样的表彰大会。毕竟,我们都很爱开宴会。但是这样的机会太少了,平时连最普通的玩乐也很少。人类对美人鱼偏见太深了,我们很难邀请到人类来玩。要不是我把凯特琳抱下来了,恐怕你们也不会来吧?那里的水浮力比海水大多了,你们肯定都发现了吧?"

是啊,确实如此。

"宴会的时候,我们能坐在你身边吗?"凯特琳问道,"你知道的,我们对这里不熟。"

"当然可以了,亲爱的。"美人鱼答道。

"可是,"伯纳德说,"恕我直言,我们不该回家了吗?"

"噢，千万别啊。"美人鱼说，"你们才刚来啊。"

伯纳德喃喃自语道："该回家洗洗，准备喝茶了。"

"还早着呢。"弗朗西斯不耐烦地说，"别老这么扫兴。"

"我没扫兴。"伯纳德还是一如既往的冷漠，他说，"我从不扫兴，但我们确实该考虑回家的事了。"

"那你就好好考虑吧。"弗朗西斯不耐烦地说完，转头去欣赏柱子上挂着的红色花球。

宴会真是棒极了，可他们事后一点也想不起来，当时银盘子里装的是什么食物，而金杯子里装的又是什么水。但是，他们清清楚楚地记得那些男仆，戴着银色的无指手套，穿着紧身银色铠甲，看着不像是人，倒更像是鱼。

凯特琳问起的时候，公主睁着那双漂亮的眼睛，说："他们就是鱼啊。这些是大马哈鱼族，母亲王座后站着的是大马哈鱼王。听说你们人类有大马哈，我们有大马哈鱼王。"

"你们的仆人都是鱼吗？"玛维丝问道。

"当然了。"公主答道，"不过，除了大场合，我们一般不用仆人。大多数工作由底层的鱼来做，比如电鳗。它们给我们的机器提供动力。"

"这是怎么办到的？"伯纳德问道。他脑子里已经在幻想，要成为第一个拿电鳗发电的人，闻名世界。

"我们把他们养在大水箱里。"她说，"然后，只用拧开一个龙头，他们就能和屋子接通。这样，织布机和车床就都动起来

了。电鳗要不停地游动，给机器提供源源不断的电流，直到工作完成为止。是不是很简单？"

"简直太神奇了。"玛维丝热情地说，"所有的一切，都太神奇了。"她隔着绿绿的园子，向那群银白色的男仆挥了挥手。小手印在蓝蓝的天空前，显得白乎乎的。"那你呢？可以每天玩耍，什么也不做吗？真是太棒了。"

"要是每天玩，你很快就会觉得没意思的。"伯纳德一脸精明地说，"反正我肯定会。你们做过蒸汽机吗？"他转向公主，说："我就会做蒸汽机。"

"我也会这么觉得的。"公主说，"但是你们不觉得吗，你不喜欢，却又必须做的事才算工作，喜欢做的事其实和玩耍无异啊。再吃点果子吧。"

说完，她冲旁边站着的大马哈鱼人招了招手，他连忙端来了一大盘果子。

宴会上的其他人也开始吃了起来，他们四个、五个或六个地围在小桌子边，就像在大酒店的餐厅里那样。这种小桌子用来边吃边聊，真是再合适不过了。

"那你每天做什么呢？"凯特琳说。

"我们嘛，首先要保证河水正常流淌。我说的是你们地面上的那些河。然后，我们还要看好降雨和降雪的开关，制造潮汐和旋涡，还要时不时打开关着风的笼子。哎，不管你们陆地上的公主怎么样，在我们国家，公主可是顶忙的。对了，你们陆地上的公主都干些什么啊？她们需要开风笼子吗？"

"我们……也不知道啊。"孩子们答道，"她们可能只会开茶会吧。"

"母亲说她们都很努力，要去探望医院里的病人。"凯特琳话还没说完，就看见女王和其他人都站了起来。

"走吧。"公主说，"轮到我去接管河流了。这种重要的工作，只有公主才能做。"

"你做的最难的工作是什么啊？"他们一边向花园外走，弗朗西斯一边问道。

"不让海水进入我们的王国。"人鱼公主答道，"还有和海底人打仗。我们要在脑海里，用双手努力把海水挡出去。当然了，天空帮了我们很大的忙。"

"怎么和海底人打仗？对了，海底人是什么样的啊？"伯纳德像个好奇宝宝一样。

"他们头很大，很强壮，住在很深的海里。"

"和你们不一样？"凯特琳问道。

"亲爱的孩子，他们怎么可能跟我们一样！"

"她的意思是，"玛维丝连忙解释道，"我们以前不知道，海底除了你们，还有别的种族？"

"你们对我们的了解，可远远不如我们对陆地的了解啊。"公主说道，"海底当然有不同的国家和部族啦，还有不同的习俗和服饰。除了我们之外，还有两个大族，分别是大头族和薄皮族。这两个大族，都是我们的敌人。薄皮族住在水面附近，又轻浮又愚蠢，飞鱼就是薄皮族的。大头族则住在深深的海底，那里水很冷，他们是个十分阴郁的民族。"

"你去过海底吗？"

人鱼公主颤抖了一下，说："没有，但总有一天要去的。要是海水进入我们的国家，那他们肯定会来袭击我们，我们必须把他们赶出去，赶回他们自己的国家去。我们曾经和他们打过一仗，那是我祖母那个年代的事了。"

"可是，"伯纳德问道，"水要是进来了，你们要怎么把水再排出去呢？"

"鲸鱼会把大部分的水吹出去。"公主说，"逆戟鲸会尽他们的全力，但也没法把所有水排出去。然后，章鱼就会用他们的吸盘，把剩下的水吸出去。"

"噢，你们这里还有樟树啊。"凯特琳在走神，光听了个大概。

"不是樟树，是章鱼。"公主说，"不过，那些章鱼也差不多有你们樟树那么大吧。"

凯特琳走神，是因为她光顾着去看池子中间的大理石台子了。台子上站着个高个子女人，她把一个大罐子高高举过头顶，罐子里淌出一股涓涓细流。这道弧形的水流越过水池，落入一道窄窄的水道中。正是这条水道，把他们站着的广场一分为二。然后，水就顺着水道流到了石头的另一面，消失不见了。

"就是这里。"公主停下了脚步。

"这里是干什么的?"一直很沉默的卢比开口问道。

"这里吗?"她答道,"这里是尼罗河和其他河流的源头。该我值班了,在值班结束之前,我是不能说话的。你们想干什么都行,想去哪儿都行,一切随意。但是一定要记住,不能去摸天。要是凡人的手摸到天了,那天立刻就会塌下来。"

说完,她跑了几步,蹦到大理石台子上。她没有碰到那个女人,小心翼翼地把罐子接了过来,那道水流连抖都没有抖一下。等到罐子到了她手中,那个女人则跳过池子,来到孩子们面前,友好地打了个招呼。

"我叫玛雅,我妹妹把你们救她的事都说给我听了。"她说,"当时抓住你脚的,就是我。"她一说话,玛维丝和弗朗西斯立刻想起了海边镇那片长满海草的岩石,就是这个声音说的:"救救她,被抓住,我们会死。"

"我妹妹要值班,你们打算干点什么呢?"她问道。

"等着吧。"伯纳德说,"你知道我们该怎么回去吗?"

"你们有预定好回家的时间吗?"玛雅问道。看见他们一个个都在摇头,她的笑容突然僵住了。

"那你们有留一个人吗,念出把你们召唤回去的咒语?"

"你在说什么啊?"伯纳德问道,"什么咒语?"

"就是你们那天在浅海区,把我召唤出来的咒语啊。"玛雅说,"我妹妹应该跟你们说过吧,只有用召唤我们的咒语,才能把你们召唤回去。"

"她没说。"玛维丝说道。

"唉，她年纪小，做事莽莽撞撞的。但她肯定安排了一个人，在那边念咒语，召唤你们回去吧?"

"没有。除了我们，她根本不认得陆地人。反正她是这么跟我说的。"凯特琳答道。

"好吧，那咒语有写在什么地方吗?"玛雅问道。

"在一幅画下面。"孩子们一齐答道，他们并不知道，这其实是大诗人约翰·弥尔顿的作品。

"这样啊，恐怕你们要等等了，等到有人碰巧把画下面的咒语念出来，你们才能回去了。"玛雅和善地说道。

"可是那房子被锁起来了啊，根本没人在，谁能把咒语念出来啊?"伯纳德提醒大家道。

孩子们沉默了一会儿，然后，卢比安慰道:"可能会有强盗闯进去，不小心念出来啊。不管怎么样，现在纠结担心有什么用呢? 你们就那么想回去吗? 我反正不想回去，这里这么美，我要尽可能地享受，把能看的都看一遍。那边那位公主说了，我们想去哪儿就能去哪儿。"

"没错，就是这样。"玛雅被他的话感染，激动地笑了起来，说，"这才是探险家该有的样子。"

"但我们不是探险家啊。"玛维丝有点生气，说，"我们也不像你们想的那么自私。我们去了海边，一直不回家，妈妈会吓坏的，她肯定会以为我们是掉进海里淹死了。"

"你们确实掉进海里淹死了啊。"玛雅轻巧地说道，"每次有人忘记安排咒语，跑到我们这里来的时候，你们陆地人都会以为他们是掉进海里淹死了。"

"太可怕了，噢，凯特琳。"玛维丝说着，紧紧抱住了妹妹。

"但你们也不会一直留在这里呀。"玛雅公主说，"总有一天，会有人用这样或那样的方式，把咒语念出来。我保证，一定会的。到时候，你们一秒钟就能到家啦。"

孩子们也不知道怎么的，一下就相信了玛雅公主，这倒稍稍安慰了他们一点点。这种直觉上的信任，是很能安抚人心的。

"可是，妈妈怎么办？"玛维丝问道。

"看来，你们对魔法还是很不了解啊。"玛雅叹息道，"魔法最基本的一点，就是在我们的世界里，时间流动的方式和你们的不一样。你好像没明白，在你们的世界里，依然是你们潜进洞穴里的那一刻。"

"那是几个小时之前的事了啊。"伯纳德说。

"我知道，但你们的时间和我们的时间不一样。"

"怎么个不一样？"

"我也解释不清。"公主说，"就像星星和海星那样，完全不是同一种东西。但最重要的是，你们的妈妈不会着急。既然如此，为什么不抓紧机会，好好玩耍一下呢？"

他们说话的这段时间里，另一位公主一直举着罐子站着。

据说，那个罐子里流出的水，是世上所有河流的源头。

"她这样不累吗？"卢比问道。

"累啊，她也知道，要是出了差错，所有的河流都会干涸。所以，还是现在累点，省得到时候弄得不可收拾。你们可以看一眼池子，就能知道她为世界都做了些什么。"

他们往池子里一看，发现就像彩色电影一样。一张图片刚消失，另一张图片就出现了，活像孩子们以前爱看的走马灯一样。

他们看见红色皮肤的印第安人，在大河边建造棚屋；还有一群海狸，在一条小河里建造堤坝；他们看见褐色皮肤的埃及人，在尼罗河边安置渔网；还有褐色皮肤的姑娘们，在恒河里放下插着蜡烛的爱船；他们还看见了圣劳伦斯河上雷电交加，看见梅德韦河上风平浪静；小溪上映着灿烂的阳光和郁郁葱葱的树叶；黑色的地下暗流在洞穴和秘境里左冲右突；他们看见女人们在塞纳河畔洗衣服，男孩们在蛇形河上划小船；热带河流边长满了奇怪的、叫不出名字的树和花，旁边有一群赤裸的野人戴着面具跳舞；穿着法兰绒的男人，还有穿着粉色蓝色衣服的小女孩们，在泰晤士河的河湾里撑船；他们看见了尼亚加拉瀑布和尚比西瀑布。

在此期间，水池的水如同镜子一样光滑，那道万河之源越过他们的头顶，源源不断地轻轻落在那条狭窄的大理石水道里。

他们就这么撑着脑袋，趴在凉凉的围栏上，看呀看，好像谁也没注意他们看了多久。突然，一阵号声响起，紧接着又传来一阵鼓声，惊得大家都抬起了头。

"阅兵开始了。"玛雅说道，"你们想看士兵吗？"

"想啊。"伯纳德说，"你们还有士兵？"

"我们的军队可让人自豪了。"公主说道，"我是龙虾战队的上校，我妹妹是甲壳战队的指挥官。不过，今天我们都不参加阅兵游行。"

鼓声越来越近了。"阅兵仪式在这边。"公主边说边领他们向那边走去。他们站在一道拱门边看阅兵，就像看大水族馆一样。

他们最先看到的是第23龙虾军。

你们能想象到吗，这些龙虾简直跟士兵一样大，而且比我们的士兵还要强壮。这么想想，你就能大概知道这支军队有多壮观了吧？别忘了，龙虾本身的颜色并不是红色，他们身上穿着的是蓝色的铠甲，闪着幽幽的金属光泽。所有武器都被紧紧夹在他们的钳子里。第23军，真是一支可怕的军队，他们昂首阔步，自信而骄傲地走了过去。

紧跟着的，是第16剑鱼军，他们穿着漂亮的银色制服，举着那些闪亮的剑。

女王亲卫军的制服是粉色和银色的，她们戴着头盔，领子高高竖起。

童子军是最后一支步兵，他们是一群毛茸茸的小海胆，常

被人们称为"海里的小顽童"。

然后，骑兵来了。前面是男美人鱼，他们骑在海豚和海马的身上。跟在后面的是鲸目军，他们的坐骑则是鲸鱼。每只鲸鱼背上，都站着一整支海军中队。

"好像列车啊。"弗朗西斯说着，目不转睛地看着军队从他面前走过。孩子们都说，这些步兵昂首挺胸的样子，跟陆地上的军人们没什么两样。而那些骑兵身下的坐骑，则悬在空中，离地面有一尺多的距离。

"所以这肯定是水。"伯纳德说。

"不是的。"弗朗西斯说。

"鲸鱼又不是鸟，不会飞。"

"世上又不是除了水，就是空气。"弗朗西斯说。

后勤军可能是最好看的，大马哈鱼王带领着一大群银色的士兵们。第11比目鱼军是最勇猛的军队，能让所有敌人闻风丧胆，后悔来到这世上。

阅兵好看极了，孩子们渐渐忘记了自己之前有多想回家。

可是，随着最后一只比目鱼消失在海草树里时，想回家的感觉又回来了，而且更加强烈了。这时，玛雅公主已经不知道去了哪儿。他们救的那位公主还在大理石台子上，履行自己的职责。

他们突然对一切都失去了兴趣。

"唉，我好想回家啊。"凯特琳说，"我们不能去找找吗，看有没有门可以出去。"

"找门倒是没有问题。"伯纳德谨慎地说,"但我想不出,我们该怎么回到那个山洞里。"

"我们可以游回去啊,现在我们很会游泳了。"玛维丝提醒道。

"不跟公主们道别就走,这样不好吧。"弗朗西斯说,"不过,我们可以先把门找到。"

于是,他们就去找门了。门没找到,他们倒是发现了一堵墙。这座石头做的灰墙很高很高,他们根本看不见外面,只能看见一片蓝天。

"墙那边是什么呢?我好好奇啊!"伯纳德说道。

这时,不知道谁说了一句:"爬上去看看不就知道了吗?"

墙很好爬,因为那些大石头并不平整,石头和石头之间还有很大的空隙,他们很容易就能找到放手和放脚的地方。很快,他们就都爬了上去,可是,从他们爬上去的那头,依然看不见墙外面是什么,因为墙足有8尺厚。他们往另一边走去,可是在另一头依然什么也看不见。这时候,他们已经站在墙外侧边缘了,却什么也没看见。

"这根本不是天。"伯纳德突然说,"这是个穹顶,很薄,被涂成了天空的颜色。"

"不会吧?"有人说。

"就是这样的。"伯纳德答道。

"怎么会有这么大的穹顶?"又有一个人说。

"可事实就是如此。"伯纳德说。

这时,有一个人——我不打算告诉你们是谁——忘记了公主的警告,伸手摸了摸天空。那只小手感觉到,这个穹顶很薄很脆弱,就像肥皂泡一样。就在那一秒,他们听见什么东西破了的声音,海水灌进了美人鱼们的家。

"你惹大祸了。"没有摸天空的人说。

这确实是大祸,而且是彻彻底底的滔天大祸。这些他们都知道了,穹顶里的并不是水,因为这会儿灌进来的才是水。一开始的时候,水势很汹涌,可是随着美人鱼王国里的水越积越多,海水也变得安静而清澈了。

孩子们发现他们在水里能呼吸,而且就像在大风里一样,虽然跑不动,但还是可以走动的。于是,他们尽可能快地往公主在的大理石台子走去,那里是世上所有河流的源头。

他们一边走,其中一个一边说:"求求你了,别跟他们说是我干的,谁知道他们这里会怎么惩罚人啊。"

其他人答应了,都说不会告诉任何美人鱼。但是,摸了天空的人心里还是很难受,觉得十分愧疚。

他们很快就到了,但是,池子和台子都被海水吞没了。

公主不在那里,他们连忙四处寻找,心里越来越惶恐不安。

"都怪你。"弗朗西斯忍不住对那个摸破了天空的人说。

"闭嘴吧,行吗?"伯纳德说道。

过了好久，他们才找到那位公主。他们简直认不出她了，她已经装上了尾巴，游了过来。她身上穿着一件贝母做的胸甲，头上戴着一个贝母做的头盔，正中间镶嵌着一颗台球大小的珍珠，怀里还抱着些东西。

"你们在这里啊。"她说，"我一直在找你们，海水进来了，现在很危险。"

"我们知道。"伯纳德说。

"都怪我们，是我们摸了天空。"玛维丝说。

"他们会惩罚我们吗?"凯特琳说。

"我们不惩罚人。"公主严肃地说，"但你们得为自己做的事负起责任。我们抵抗海底人最重要的屏障，就是你们打破的那个穹顶。穹顶只能从里面打破，所以他们一直没能毁掉穹顶。可现在，他们随时都能攻进来。我要去指挥我的军队了，你们来吗?"

"去啊去啊。"卢比激动地说。其他人没那么激动，但也都同意了。公主接下来的话，让他们稍微振作了一些。

"只有这样，才能保证你们的安全。我的军队里还有四个空缺，我给你们带来了制服。"说话间，她给他们看自己一直抱着的东西。那是五条尾巴，还有四件珍珠色的胸甲，胸口的珍珠扣子足有弹珠那么大。

"快穿上吧。"公主说，"这些是施过魔法的胸甲，是很久很久以前，海王亲自送给我们祖先的。按第三个扣子，你们就能隐身。按第六个扣子，你们就能现身。按下最后一个扣子，你们就能变得无形。"

"无形？"凯特琳问道。

"就是谁也碰不到你，你们很安全。"

"可是，一共只有四件。"弗朗西斯说。

"没错。"公主说，"你们中间有一个，得去跟着童子军。你们谁去？"

孩子们总以为，在这种场合下，他们会自告奋勇地说"我去"。但是第一个开口的，却是卢比。公主话音还没落，他就大喊道："我去！"然后又加了一句"拜托了"。

"好吧。"公主和善地说，"那就你了！海胆的大营在那块石头后面，快去吧！别忘了你的尾巴，穿上它，你就能像鱼一样，自如地在海水里游了。"

卢比穿上尾巴，飞一样地游走了。

"好了。"公主说，"快穿吧。"孩子们连忙套上尾巴，就像把两只脚塞进一只大袜子里一样。然后，他们又穿上了胸甲。

"我们没有剑吗？"弗朗西斯看着自己纤细的银色下半身，问道。

"剑？在甲壳战队里？别忘了，孩子们，你们现在是公主亲卫牡蛎军的一员了。这才是你们的武器。"说着，她指了指一堆巨大的牡蛎壳，简直有罗马盾那么大。

"瞧，"她说，"你们拿着这边，这样，壳就能迅速合上了。"

"对着哪儿夹？"玛维丝问道。

"对准敌人的脚。"公主说，"找好时机。海底人没有尾巴，等他们靠近岩石的时候，就用你们的武器夹住他们，然后把这一头放在岩石上。牡蛎壳立刻就会粘在石头上，然后……"

这时，一阵可怕的呼喊声传了过来，打断了公主的话。

"这是什么声音？天哪，怎么了？"孩子们喊道。公主忍不住抖了一下。

然后，呼喊声越来越近，孩子们从没听过这么可怕的声音。

"怎么回事？"孩子们又问了一遍。

公主直起身来，似乎为之前那一刻的软弱感到有些愧疚，然后，她说："这是海底人的吼声。"

第八章　**海底战争**

　　那阵可怕的吼声过后，一切又重归平静。当然，只有孩子们在的地方没声音，在他们头顶上，不停地传来跑来跑去的声音和士兵们迅速穿盔甲的声音。

　　公主说："刚刚是海底人的吼声。"

　　凯特琳害怕地说："这么近？我们已经输了吗？"

　　"输了？怎么可能？"公主喊道，"海底人确实很强壮，但他们也很重。所以，他们不可能越过墙，从上面袭击我们。他们要想进来，就得先把墙推倒。"

　　"他们还是能闯进来的，对吗？"

　　"只要还有一条大马哈鱼活着，就绝不会让他们进来。大马哈鱼们已经去墙上守着了，他们一定能挡住敌人的。不过，现在来的不是大部队，他们会先派出侦察兵和先锋兵。在他们靠近之前，甲壳战队什么也做不了。战争的话，不靠近，就难以看清。抱歉了，只能让你们待在这么后面的地方，什么也看不清。"

"谢谢,但我们一点也不介意。"凯特琳慌张地说,"这又是什么?"

说话间,他们的头顶升起一片厚实的银雾,就像一块发光的地毯一样,飞快地掠了过去。很快,这片银雾分散开来,变成了一条条银线。

"这是我们的剑鱼战队。"公主说,"你们要是不害怕的话,我们可以游上去一点看。瞧,他们可能派出了鲨鱼军,发动第一次进攻。第7鲨鱼军非常凶猛,但还是比不上我们英勇的剑鱼们。"说到这里,公主露出了骄傲的表情。

剑鱼战队慢慢地向前上方游去，突然，他们停住了，似乎遇到了什么孩子们看不见的危险。就在这时，一大群鲨鱼悄悄地涌了上来，凶神恶煞地冲向了美人鱼王国的守卫者们。

剑鱼们亮出了武器，他们早就准备好了。两支大军冲到一起的时候，海水突然剧烈地搅动起来。鲨鱼们来势汹汹，孩子们早就被拉到了稍远的地方。此时，他们只能无能为力地看着鲨鱼们开始大杀特杀。不过，剑鱼们气势更盛，战斗起来更有技巧。很快，他们就挡住了鲨鱼们的野蛮攻势，并开始占据优势。

一群巨大的鳕鱼慢慢从海底游了上来，他们扛起死去的鲨鱼，越过墙往上游去。水里到处都是鲨鱼的尸体，但剑鱼的死伤也很惨重。这场战役虽然胜了，但美人鱼王国也付出了沉重的代价。

胜利的剑鱼们开始重整队形，孩子们忍不住欢呼起来。

"不用追了。"公主说，"鲨鱼损失惨重，无法再来一次进攻了。"

一条鲨鱼在撤退的时候太过惊恐，竟然游到了公主身边，公主一下就用牡蛎壳夹住了他的尾巴。

鲨鱼猛地转过身来，公主轻轻一摆尾巴，就游到了安全的地方，张开双臂护住了孩子们。鲨鱼拼命扭着身子，想追上去，但却被牡蛎壳带着，飞快地沉了下去。

"牡蛎壳会把它拽到海底的。"公主说，"好了，我要去拿一

个新武器了。要是能知道他们下一次会从哪儿进攻，就好了。"

说话间，他们一起慢慢往下游去。

"也不知道现在卢比在哪儿。"伯纳德说。

"放心，他现在安全着呢。"公主说，"童子军不需要到墙外去，他们一般只会给人表演转圈，你们懂的。嗯，有时候还会帮好心的鳗鱼们照顾伤者。"

这时候，他们已经来到了宫殿前的花园里。现在的花园早就被水完全淹没了。突然，一只海胆从树篱后冒了出来，蹿到了他们面前。这是一只奇特的海胆，因为他长了条长长的尾巴。

那只海胆把壳举了起来，原来是卢比。

"嗨，公主！"他大喊道，"我正到处找你呢。我们巡逻的时候，我找到了很多海草。我把这些海草绑到了身上，跟真的海草团一模一样。于是，我就潜到了敌军身边。"

"你也太鲁莽了。"公主严厉地说。

"其他人可不这么觉得。"卢比听了公主的话，有些受伤。他接着说，"一开始的时候，他们都说我是只奇怪的海胆，因为长了条这玩意。"他边说边欢快地摆了摆尾巴，"他们给我起外号，叫我大尾巴。不过现在，他们都管我叫海胆将军。现在，他们总算把我当自己人了。对了，我是来告诉你，再过半小时，敌人就要全力进攻北塔了。"

"好孩子！"公主高兴极了，要不是卢比身上穿着海胆的制服，公主恨不得要扑上去亲他了，"太棒了，你是个英雄。这里还有很多海草，要是你能确保安全的话，能去看一眼书里人吗？就是山洞里的那些。我很担心他们会趁机进攻。要是他们打过来的话，我宁愿做鲨鱼的奴隶，也不要做仙童的俘虏。"说着，她从身边的树篱上薅了一大把海草。卢比接过海草，绑在身上，慢慢飘走了。不管你怎么看，都看不出他其实是一只海胆。

得到了卢比提供的信息，美人鱼王国的守卫者们，开始集结所有力量，守卫北边的墙。

"现在该我们出手了。"公主说，"我们得去隧道里了，要是听到他们沉重的脚步声，我们就必须立刻突击，用牡蛎壳夹住他们的脚。少校，集合我们的人，立刻出发。"

一个穿着甲壳战队制服的小美人鱼吹出了一个响亮的音符，然后，原本在尽力帮助其他人的甲壳战士们——这种在美人鱼王国里很常见的事，在欧洲可是罕见极了——迅速在长官面前集合起来。

等所有人集合完毕后，公主发表了一篇简单的战前演说。

"我的士兵们，战争突然来临，但我们早已准备好。我很自豪，我的战队已经武装到了最后一颗珍珠纽扣。我知道，你们每一个人都跟我一样自豪。我们要像前辈战士们一样，绕到敌军的后方作战。我们要到大海深处去，为了我们热爱的祖国奋勇杀敌。在危急的时刻，哪怕献出生命也毫不惧怕！"

士兵们大声呐喊起来，公主带领他们走到一座小房子前。

这座小房子活像画里的花神庙一样，孩子们之前就注意到过。公主一声令下，一位中士拽住大石门上的金环，将石门推了上去，露出一条黑漆漆的、向下的密道。

一名六尺高的鸟蛤队长，领着一位中士和六名士兵，走在最前面。三位牡蛎军官带着一群牡蛎士兵，跟在他们身后。这些是前锋。领着大军紧随其后的，就是公主和她的随行官了。他们一边走，公主一边解释，为什么这条密道这么长、这么陡。

"从里面看，我们的墙只有10尺高。但是，实际上，外面还有40多尺呢。因为墙是建在山上的。你们不用觉得，出墙作战是你们的义务。你们可以待在墙里面，给我们递武器。我们的武器是一次性的，所以用掉就得跑回来拿新的。这条密道很窄，海底人肯定进不来。但是，他们训练过一批海蛇，这种生物可以变细，再窄的地方都能钻进去。"

"凯特琳很怕蛇。"玛维丝紧张地说道。

"不用怕。"公主说，"海蛇都是胆小鬼，他们知道密道里有龙虾军把守，所以不会靠近入口的。不过，敌军可能会从入口附近经过。因为这是座很大的山，去北塔只有一条路，就是大山和美人鱼王国之间这条狭窄的山谷。"

他们已经来到了密道的尽头，这里是个很大的石头房间，里面放满了兵器，大概有一万个闪闪发光的牡蛎壳。房间另一头的警卫室里，挤满了战意盎然的龙虾们。站在这里，他们可以看见通往大海的入口，很短很窄。入口边站着两只龙虾，披着那身帅气的暗色铠甲。

一开始的时候，那片蓝天和真的天毫无区别。后来，等孩子们靠近的时候，发现那片蓝天不过是层薄薄的穹顶。再后来，那层穹顶就跟肥皂泡一样，一碰就破了。然后，海水就疯狂地灌进了美人鱼王国。这一系列的事情发生得太快了，尤其是从海水灌进来的那刻起，孩子们就在马不停蹄地备战。他们渐渐有了种莫名的感觉，觉得美人鱼的世界越来越真实，而人类的世界越来越模糊了。所以，公主说"你们要是不愿意的话，就别出墙和敌人作战了"的时候，他们有些惊讶地发现，自己全都毫不犹豫地说愿意。

"太好了。"公主说，"看来它们确实有作用。"

"什么有作用？"

"你们穿的盔甲啊，它们能让人变勇敢。"

"不穿盔甲，我一样很勇敢。"伯纳德一边说，一边开始解扣子。

"你当然很勇敢了。"公主说，"其实，如果你们本身不勇敢的话，盔甲也没法起作用。胆小的人就算穿着盔甲，也不会变勇敢的。盔甲能让你们的斗志更火热，头脑更冷静。"

"能让人变勇敢吗？"凯特琳突然说，"原来是因为盔甲啊，我还以为是因为我自己变勇敢了呢。不管怎么样，我还是要感谢这件盔甲，因为我确实想变得更勇敢一些。公主！"

"怎么了？"公主严肃又不失和蔼地问道。

凯特琳站在原地，眼睛盯着地面，使劲儿绞着双手。然后，她突然解开珍珠纽扣，一把将盔甲脱下，扔在公主脚下，说："不用盔甲，我也做得到。"说完，深吸了一口气。

大家都默默地看着她，很想帮帮她，但大家都知道，这件事只能靠她自己。

"是我。"凯特琳说着，长长地出了一口气，终于放松下来，"摸了天空，让海水灌进来的人是我。我非常非常抱歉，我知道，你不会原谅我的，但是……"

"快把盔甲穿上。"公主捡起盔甲，递给凯特琳，"穿上盔甲，你就不会哭出来了。"说完，她帮凯特琳套上盔甲，用力抱了抱她，在她耳边悄悄地说："勇敢的姑娘，你能说出来，我很高兴。"大家出于礼貌，不约而同地扭头看向了别处。公主又说："我早就知道了，但你不知道我知道，对吧？"

"你是怎么知道的？"凯特琳问道。

"你的眼神出卖了你。"公主说着，又最后抱了她一下，"不过，现在的你眼神已经不一样了。好了，我们去大门口吧，看看童子军有没有发出信号。"

两只龙虾哨兵举起钳子向公主敬了个礼，孩子们跟在公主身后，穿过那个窄窄的洞口，走到了海底平平的沙地上。这时，孩子们惊讶地发现，他们在水里轻轻松松就能看到很远的地方，就和在陆地上没什么区别，而且，海底的景色和陆地上的景色也很像。他们的脚下是一片平地，上面支棱着一些干枯的海草枝丫。不远处，茂密的海草像树一样，顺着石头山坡往上长去。这座大山有一个很高的顶，然后顺着美人鱼王国一路绵延，将美人鱼王国整个包裹住了。一团团海草飘着，当然了，这里的不是空气而是海水，所以说是"漂着"更加合适。视线所及的范围内，没有任何童子军的身影。

突然，那一团团海草们聚在了一起。公主自言自语道："果然如此。"海草团们排成一条直线，靠近海底，停了下来。这时，一团海草漂了过来。

"是童子军。"公主说，"你们的卢比正在发号施令呢。"

她说得没错，这些海草团们往不同的地方漂去，而那团离他们最近的，则游到了公主和孩子们站着的拱桥上。那个童子军扯下海草伪装，果然就是卢比。

"我们又有新的情报了，公主殿下。"他敬了个礼，说，"他们的前锋是海马军团。你知道的，不是小海马，而是那些海洋深处的大怪物。"

"攻击海马是没有用的，"公主说，"他们就和坚冰一样硬。海马上的骑兵是谁？"

"第一冲锋军。"卢比说，"都是那些急着建功立业的年轻海底人，简称敢死队。"

"他们的装备怎么样？"

"他们太自大了，除了天然的鳞片，没有任何盔甲。不过那些天然鳞片，看着也够厚的。公主，我们海胆想做什么都行吗？"

"没错。"公主说，"除非接到特定的命令。"

"那就好。我想着，让龙虾处理海马，用钳子夹住他们的尾巴。这样，他们是伤不着龙虾的，因为海马够不着自己的尾巴。"

"万一龙虾钳子松开了呢？"公主问道。

"龙虾不把敌人全部赶走，是不会松开钳子的。"龙虾队长敬了个礼，说道，"殿下，您真打算接受这个海胆的建议吗？"

"这个建议不好吗？"公主问道。

"很好，殿下。"龙虾队长说，"但是有点无礼。"

"我自有判断。"公主温柔地说，"记住，这些人都是高尚的志愿军，他们是自愿来帮助我们的。"

龙虾队长敬了个礼，不说话了。

"我不能让龙虾去。"公主说，"他们得守卫大门，不过螃蟹……"

"让我们去吧，殿下。"龙虾队长请求道。

"螃蟹没法守门。"公主说，"你们也知道，螃蟹体形太宽了。弗朗西斯，你能当我的传信官，给女王送个信吗？"

"我能一起去吗？"玛维丝问道。

"可以。我们还需要一批战士，如果螃蟹攻击海马，那谁去攻击海马上的人呢？"

"我也想过了。"卢比说，"有什么兵种，可以给出重击，然后又能迅速给出锋利的最后一击？剑鱼怎么样？"

"你真是块天生的将军料。"公主说道，"只是，你对我们的士兵们不大了解。按你这么说，我们的角鲸联队符合你的标准。他们可以给出重击，角也足够锋利，可以完成最后一击。"她从海床上拿起一块白色石板，旁边的龙虾递给她一根早就准备好的黑线鳕骨头。她用尖尖的骨头，迅速在石板上写完信息，说："给，把这个交给女王。她就在王宫院子的总部里。把发生的一切都告诉她。我还需要两个团，其他的你们自己看着说。你们穿过我们的防线应该没有问题，要是有人拦你们，记

住口令是'荣耀'，对应的口令是'至死方休'。快去快去，我们的性命都在你俩手里呢。"

玛维丝和弗朗西斯从没觉得自己的任务这么重要过，两人带上信，穿过密道的时候，不禁觉得热血沸腾起来。

"可是，王宫在哪儿呀？"玛维丝问完，两人停下了脚步，面面相觑。

"我带你们去，拜托了。"一个细细的声音从他们身后传来。他们连忙转过身去，看见脚边有一条小小的、看起来很懂礼貌的鲭鱼。"我是一名向导。"他说，"你们肯定需要我。先生，请这边走。"说着，他带着他们穿过花园，走过树丛，越过树篱，来到了王宫前。王宫被一排排士兵层层围住了，都在不耐烦地等待着，他们只等一声令下，就去和敌人大战一场。

"荣耀。"那个绅士一样的鲭鱼对岗哨说。

"至死方休。"那个海鳊回答道。

女王就在院子里，就是孩子们之前接受表彰的地方，那似乎就在不久之前，又似乎已经过了很久。之前的院子简直就是天堂，平静祥和，是世上最美好的地方。而现在，这里气氛非常凝重，等待命令的士兵们一动不动，压抑着心中沸腾的热血。

女王穿着闪闪发光的珊瑚盔甲，一看到他们通过岗哨，就越过一层层士兵，迎了上来。她接过石板，读了一遍。然后，即使这样紧急的时刻，也没忘了温和地对他们说了声谢谢。

"等角鲸出发后，你们就立刻回去。告诉你们的指挥官，到目前为止，书里的人都没有异动。金门前有国王的鳕鱼亲卫队守卫，而且……"

"还有国王？"弗朗西斯说。

女王愣了一下，鲭鱼戳了戳弗朗西斯那件魔法尾巴，小声警告道："嘘!"

"国王，"女王静静地说，"已经不在了，他在大海里失踪了。"

角鲸一起出发的场景很壮观，孩子们看见他们向指定的地点游去后，就向女王鞠了一躬，然后返回自己的岗位。

"很抱歉我说了不该说的话。"弗朗西斯对鲭鱼说，"但我不知道啊，而且，美人鱼国王怎么会在海里失踪呢？"

"怎么，你们的国王不会在陆地上失踪吗？"鲭鱼说，"如果国王不失踪，那其他差不多的人呢？比如探险家？"

"我明白了。"玛维丝问道，"那没人知道他出什么事了吗？"

"没人知道。"鲭鱼说，"他已经消失很久了，我们已经考虑过最坏的结果。要是他还活着，他一定会回来的。我们觉得，可能是海底人把他抓走了。他们会给俘虏施法，让他们忘记自己是谁。当然了，这种魔法是有解药的。每件制服的胸口口袋里都有一瓶。"说着，他把鱼鳍伸进口袋里，掏出一个小金盒子，大小和鳐鱼卵差不多。"你们也有。"他又加了一句，"要是你们被抓了，一定要立刻喝下解药。"

"可是你要是连自己都不记得了。"弗朗西斯说，"你还能记得解药的事吗?"

"没有任何魔法。"鲭鱼信誓旦旦地说,"能够强到让人忘记解药的程度。"

说话间,他们已经来到了龙虾把守的门口。公主一看见他们,就朝他们跑了过来。

"你们到得刚好。"她说,"一切都还顺利吧?角鲸到位了吗?"

到目前为止,一切都还很令人满意。公主带着孩子们走过一条长长的路,来到墙上的一扇大窗户前,在这里,他们可以看到峡谷。要是敌人出现的话,他们能第一时间发现敌人。角鲸在峡谷中间停了下来,这里很宽,就像圆形剧场一样。他们藏在石头里,静静地埋伏着,等着敌人靠近。

"要不是你,卢比,"大家一起撑着脑袋,趴在石头窗台上看时,公主说,"他们可能很轻易就把北塔攻下了,那里防备很弱,我们把兵力都放在了南边。因为历史书里说,上次他们就是从南边袭击的。"

这时,从远处传来一阵低沉的声音,像雷声一样让人心惊肉跳。敌人来了。顺着平坦的海床往远处看,已经能瞧见他们的动静了。这时,一团海草漂到了峡谷上方。

"有海胆去给他们示警了。"公主说,"童子军真是太神奇了。上次打仗的时候,他们还没有成立。童子军是我父亲成立的,就在……"这时,她突然指了指前方,说:"瞧。"

126

敌军的重甲骑兵气势汹汹地向美人鱼王国冲了过来，那些大个儿的海马足有20尺长，背上的骑兵足有8到10尺高。它们的速度越来越快，很快就靠近了峡谷。这些骑士简直是孩子们见过的最可怕的生物了。它们从头到脚都覆盖着密实的鳞片，脑袋巨大，耳朵也很大，嘴巴更大，鼻子扁平，铜铃一样的大眼睛像瞎了一样。它们直直地坐在海马上，大手里紧紧握着长长的鱼叉。

海马们速度越来越快，那声音，简直像一万个喇叭同时在你耳边吹响。

"这是要冲锋了。"公主说。说话间，海底人已经冲到了峡谷里，带着股一往直前、绝不回头的狠劲。

"这谁能挡得住啊，他们肯定挡不住。"凯特琳绝望地说道。

从窗户里，他们能把空地看个一清二楚，角鲸们正埋伏在那里。

敌军已经冲了过来，但是，就在他们靠近埋伏点时，一团团海草漂到了骑士的脸上。它们挥舞着胳膊，想把这些黏糊糊的海草推开。就在这时，角鲸出动了。他们把全身的重量都压了过去，把骑士们从海马上拽了下来。这时，借着石头的掩护，螃蟹也出动了，他们迅猛地扑了过去，用那对大钳子死死夹住了海马的尾巴。骑士们都掉到了地上，海马则惊恐地向后退去。躲在海草团里的海胆们趁机往海马脸上漂去，痛得海马越发胆怯。骑兵们站起身来，继续战斗。但鱼叉哪里比得过角鲸的角呢，很快，骑兵们就败了。

"走吧。"公主说。

海马们已经在螃蟹的进攻下，不成阵型地往后退去，角鲸和海胆们紧紧追在他们身后。

公主和孩子们回到龙虾哨兵所在的地方。

"我们赢了。"公主说，"敌方损失惨重。"龙虾们齐声欢呼起来。

"怎么样，公主?"一团海草出现在门口，原来是卢比。

"怎么样?"公主说，"大胜啊！多亏了你，你没受伤吧?"

"不过一点擦伤而已。"卢比说，"我躲过了所有的鱼叉。"

"卢比，你真是个大英雄！"凯特琳说。

"傻孩子，你们难道才知道吗?"他优雅地说道。

第九章　书中人

　　就算是在打仗，也要找到机会休息一下。我们的士兵们，不管多么勇猛，都得吃饱饭。这些海里的士兵们也是一样。在大败海马之后，甲壳战队赶在敌军再次进攻之前，返回宫殿吃饭去了。凯特琳说这顿饭很普通，跟当时的宴会完全不一样。饭厅里没有长长的桌子，桌上也没有漂亮的海草，连盘子刀子叉子都没有。大家都用手传递食物，每六个士兵分享一个用来喝水的海牛角。他们都坐在地上，就像我们野餐时那样。女王赶过来，匆匆对他们说了几句话，就继续赶往金门加强防备去了。虽然食物很平常，但足够每个人吃饱，这才是最重要的。他们又准备了几篮食物，送给在守卫室值班的龙虾们。

　　弗莱娅公主说："不管怎么样，都必须留几个人在岗位上，晚饭时也会这样。我亲自去送吧，这样他们会开心一些。"

　　"亲爱的，我去吧。"玛雅公主说道，"你千万不要冲动行事，现在不是进攻的时机。你的龙虾军非常勇猛，但母亲一直担心你会意气用事。战争太可怕了，想想吧，那么多水灌进来，也不知道陆地上的河流成了什么样。风也都逃出了笼子，这会儿它们想去哪儿就能去哪儿了。要想让一切恢复正常，估计得要好几年吧。"

玛雅公主的担心不无道理，你们也知道，去年夏天发了多大的水。

"我知道，亲爱的。"弗莱娅公主说，"我知道是谁打破天空的了，那个人非常非常抱歉，我们不会责怪那个人的，对吧？"

"不会的。"玛雅公主友善地对孩子们笑了笑，给龙虾们鼓劲去了。

"我们现在什么也做不了，只能等消息了。"弗莱娅公主说，"我们的童子军应该很快就会送消息来。希望书中人不要在这个时候攻击我们，否则就太危险了。"

"他们能攻进来？"玛维丝问道。

"他们可以从金门进来。"弗莱娅公主说，"当然了，如果我们没读过他们所在的那本书，那他们就什么也做不了。这种教育真是太糟糕了。我们读了许多书，所以那些书里的人都被解除了封印，只要有人召唤他们，他们就能出来。我们的鱼都读过许多书，除了那些鼠海豚，这些小家伙什么也读不进去。所以，我们把他们派去守金门了。"

"如果说没读过书可以守门的话，"玛维丝说，"那我们几乎没读过什么书，我们能去帮忙守门吗？"

"可以啊。"弗莱娅公主高兴地说,"你们拥有一种武器,对书中人或者作者是最致命的。你们只用真心地对他们说'我从没听说过你',这句话就是针对他们弱点的利剑。"

"弱点?"伯纳德问道。

"对啊,他们的自尊。"

于是,孩子们启程向金门走去。很快,他们就发现了那群守在厚墙后的鼠海豚。鼠海豚们一齐喊道:"不许进来!我们没听说过你!不认识你!不许进来!"

"我们不用待在这儿了。"伯纳德在鼠海豚的尖叫声中说,"他们能挡住任何人。"

"是啊。"弗莱娅公主说,"但是,如果书中人从门外往里看,发现我们只派了鼠海豚阻拦他们,他们受伤的自尊心是能愈合的,他们就会变得跟之前一样强大。如果是人类说没听说过他们,那创伤就会是永久性的。只要你们站在这里,说你们没听说过他们,他们就永远进不来。"

"让卢比来更合适。"弗朗西斯说,"他好像什么书都没读过。"

"我们也没读过多少啊。"凯特琳无所谓地说道,"至少没读过什么关于坏人的书。"

"真希望我也没读过。"弗莱娅公主压过鼠海豚尖厉的声音说,"可我知道他们所有人。你听那个冷冷的吱吱声,那是仙童夫人。还有那个短促的、尖锐的声音,那是好运姑姑。还有那个叫不停的吼声，那是石头先生。还有那个冷冰冰的声音，那是罗萨蒙德的母亲，特别讨厌紫罐子的那个。"

"恐怕我们还是知道其中几个的。"玛维丝说。

"那可要小心了，对那几个，别说你们没听说过。还好还有许多你们不知道的，比如约翰·诺克斯、马其维利、唐蒂亚戈、提普·塞布和萨里·布拉斯。我得回去了，如果有什么事发生，抓住最近的一只鼠海豚，然后就祈祷好运降临吧。这些书中人不能杀人，只能把人变蠢。"

"你怎么会知道他们所有人的？"玛维丝问道，"他们经常袭击你们吗？"

"那倒不是，只有天塌了的时候，他们才会袭击。不过，他们总是趁满月在金门外到处溜达。"

说完，她就转身离开了，很快就消失在了那一群鼠海豚里。

这时，门外的声音已经清晰可闻了。

"我是兰道夫夫人，放我进去！"

"我是好心的布朗夫人，放我进去！"

"我是埃里克，《一步一步》的主人公，我一定会进去的！"

"我是艾尔西，《如同一根小蜡烛》的主人公，让我进去！"

"我是马卡姆夫人！"

"我是斯琪尔斯夫人！"

"我是尤莱亚·西普！"

"我是蒙特迪迪。"

"我是约翰国王。"

"我是卡利班。"

"我是巨人布朗德博尔。"

"我是巨龙瓦特力。"

他们全都不停地大喊着："放我进去！放我进去！放我进去！"

孩子们仔细分辨着，如果报出的名号他们不知道，就大喊："我不认识你！"如果报出的名号他们听说过，那就一个字也不说。很快，他们就被吵得头昏脑涨。这简直就像扯手绢的游戏一样，他们得注意力高度集中，并且迅速反应。孩子们觉得，他们迟早会出错，意外很快就会来临。

"他们要是真进来了，会怎么样？"凯特琳问旁边的鼠海豚道。

"我也说不好，小姐。"那只鼠海豚答道。

"那到时候你们会怎么做呢？"

"阻拦他们是我们的职责。"他说，"小姐，他们杀不了人，只能让人变蠢。可是，这招对我们没用。为什么呢？我们已经够蠢了，不可能变得更蠢了。所以，只有我们才能守卫金门。"说到这里，他竟然一脸自豪。

外面的声音越来越大，书中人也越来越多了。对没听说过的人说"我不认识你"，并伤害他们的自尊，这项任务也变得越来越难了。终于，他们一直担心的事情发生了。

"我是大海豹。"一个厚重的、听起来毛乎乎的声音喊道。

"我不认识你!"凯特琳大喊道。

"你读到过,历史书里,记得吗?詹姆斯二世把它扔进了泰晤士河里。"弗朗西斯说,"你又搞砸了。"

"闭嘴。"伯纳德说道。

四周一片安静,只能听见鼠海豚们沉重的呼吸声。门外也安静了下来,一点声音也没传出来。鼠海豚们全都拥到了门边。

"别忘了鼠海豚。"弗朗西斯说,"别忘了抓住鼠海豚。"

听了这话,四只可爱的、笨笨的鼠海豚离开自己的同伴,走到了孩子们身边。

大家都死死地盯着金门,慢慢地,慢慢地,金门打开了。门打开的时候,大家都看见了门后的一张张脸。有残酷的脸、愚蠢的脸、狡猾的脸、阴沉的脸、愤怒的脸,总之,没有哪张脸让人有再看一眼的想法。

然后,慢慢地,书中人开始一言不发地往前走。仙童夫人、马克汗夫人和巴博德夫人走在最前面。紧跟在后面的是巨龙瓦特力、米诺图尔和小个子。后面的还有石头先生,戴着一条整洁的围脖,身上的衣服和他的胡须一样黑。石头小姐走在他旁边,她满脸都是恶狠狠的笑意。孩子们发现,尽管没有人跟他们说过,但他们能准确地说出每个敌人的名字。他们吓得呆在了原地,愣愣地看着敌人慢慢走近。直到埃里克——《一步一步》的主人公突然大喊一声,兴奋地朝他们冲了过来,孩子们才意识到现在的处境有多危险。他们想起了公主的话，连忙抓住在旁边等他们的鼠海豚们。可是，太迟了。马克汗夫人冷冷地瞪了他们一眼。仙童夫人伸出一只手指，朝他们点了点，开始把他们变蠢。很快，他们就失去了知觉，趴在忠诚的鼠海豚身上，沉入了无梦睡眠中。鼠海豚们拿自己的身躯去挡入侵者，可惜并没有什么用。很快，如潮水一般的敌人们把鼠海豚们淹没了，鼠海豚们惊慌失措地转身逃去。而那些胜利的书中人们，则继续向美人鱼王国深处进发。

弗朗西斯最先醒过来，他抓住的那只鼠海豚正在使劲儿拿鳍给他扇风，希望他能快点清醒，希望他能赶快开口说话。

"好了，老伙计。"弗朗西斯说，"我一定是睡着了，其他人呢？"

其他几个孩子都在，他们的鼠海豚们也在给他们扇风，好让他们快点醒来。

四个孩子终于都站了起来，他们互相看了看，凯特琳说："真希望卢比在，他一定知道该怎么办。"

"他知道的不一定比我们多。"弗朗西斯不快地说。

"我们必须做点什么。"玛维丝说，"这次又是我们闯的祸。"

"都怪我。"凯特琳说，"可我不是故意的。"

"就算你没犯错，我们中的某个迟早也会犯错的。"伯纳德想找出个补救的法子，他问道，"为什么只有书里的坏人跑出来了？"

"我知道。"他的那只鼠海豚热切地看着四个孩子，说，"就算最蠢的人，也可能懂得一些知识。当时，海底人跑到了洞穴里，他们打开了书，往书里塞了书虫，解封了那些人。当然了，他们只解封了我们的敌人。"

　　"这么说……"伯纳德看着洞开的金门，那把大锁挂在门上，已经不能用了。

　　"没错。"玛维丝说，"我们可以做到的，对吧？我们去把其他书打开。"说着，她看了一眼她的鼠海豚。

　　"可以的。"他说，"没准你们真能做到。人类的孩子是可以打开书的，不过我们鼠海豚不行，美人鱼能给书里的人解封，但他们也打不开书。要想看书，他们得去美人鱼公共图书馆。哎呀，这些事我想不知道都不行。"说到这里，他似乎为自己并没有蠢到家而感到非常羞愧。

　　"走吧。"弗朗西斯说，"我们去组建一支军队，对抗那些书中人吧。我们总算能做点好事了。"

　　"闭嘴吧。"伯纳德说着，拍了拍凯特琳的背，让她不要放在心里。

　　说干就干，他们一起向金门走去。

　　"现在，所有坏人都从书里出来了吧？"玛维丝问自己的那只鼠海豚道。他一直紧紧跟着她，就像最忠诚的小狗一样。

　　"我不知道。"他有些自豪地说，"我很蠢，但我知道，没受到召唤，书中人是出不来的。你只要拍拍书的背面，喊一声那个人的名字，他就可以出来了。至少，书虫就是这么做的，我觉得你们没理由做不到。"

很快，他们就发现，真正的困扰其实是知识山洞里的水。那里的水很静，跟美人鱼王国里的水不一样，所以他们不能走过去，只能游过去。山洞里很黑，但是借着金门的光，他们还是能准确扒开盖住书的海草，并看清书的名字。他们不得不一只手扒着石头——也就是那些书，然后用另一只手扒拉海草。

你应该能猜到他们都选了哪些书吧？金斯利的、莎士比亚的、马利亚特的、狄更斯的，还有奥尔科特夫人、艾文夫人、汉斯·安德森、斯蒂文森和梅恩·里德的书。他们拍拍那些书，喊出他们选中来帮忙的人的名字，然后说："你们愿意帮助我们，把那些书中坏人赶回到书里吗？"

有个声音答道："我们非常愿意。"

然后，那些书中人爬出书，游到金门那里等待。等待的时候，他们一直在聊天，鼓舞士气，期望为尊严和荣誉而战。与此同时，孩子们继续拍着书背——书背就像书的门一样，叫来越来越多的书中人帮忙打仗。

最先出来的是昆丁·德沃德，然后是赫里沃德和艾米亚斯，还有威尔·卡里、大卫·科波菲尔、罗伯·罗伊、艾凡赫、恺撒、安东尼、科里奥兰纳斯和奥赛罗。还有很多英雄人物，只要你们能想到的，他们都召唤出来了。他们就这么活生生地从书里走了出来，光彩照人，带着勇往直前的士气，渴望为了正义而战，就像他们在书里做的那样。

"这些就够了。"弗朗西斯说，"留一些先别召唤吧，万一等下需要援助呢。"

你可以想象一下，这么大一群人，雄赳赳、气昂昂地往金门游去，该是多么壮观。这里实在没法走路，只能游泳，除了玻尔修斯，他已经在门口等着孩子们了。终于，孩子们也进了金门，看着这么一大群人，他们心里紧张极了。他们本打算给这些新招募的人做个战前演讲，但很快，他们就发现根本没必要。因为那些鼠海豚太笨了，根本没跟这些人说接下来的行动有多危险。

孩子们率领着一大帮英雄人物往王宫走去，他们心里很自豪。他们穿过花园，沿着珍珠小径和大理石小径，越过树篱，终于来到了王宫前。他们说出了口号："荣耀。"

"至死方休。"岗哨说完，就让他们进去见女王了。

"我们把援兵带来了。"弗朗西斯说道，这是昆丁·德沃德在路上教他的。

女王看了眼援兵的脸，说道："我们得救了。"

那些可怕的书中人并没有攻打王宫，而是偷偷穿过王国，沿路屠杀小鱼、摧毁任何看到的漂亮物件。这些人就是见不得美丽的东西，也见不得别人开心。他们现在聚集在王宫前的花园里开会，就是公主们之前值班的喷泉附近。就算在王宫里，你也能听到外面低沉的商议声。他们就是喜欢用那种阴郁的声音讲话。

新来的书中人在女王面前整齐地一排排站着，等着女王的命令，看着活像穿着奇装异服的狂欢游行队。圣乔治本人穿着他那身盔甲，圣女贞德也是一身武装，有的人戴着帽子穿着蕾丝衬衫，有的穿着带轮状皱领的衬衣——这些是勇敢的英国和法国绅士。尽管他们衣着各有不同，但他们都有个共同点，把他们紧紧地团结在一起。他们都拥有勇敢的灵魂，而这统一的勇气，就是他们统一的制服。

女王看着他们的领头者，那是一个很苍白的、脸瘦长瘦长的人，穿着一身罗马衣服。女王问道："你们愿意尽力而战吗？"她不失幽默地加了一句："我认为，我不需要给恺撒任何战斗方面的建议。"

"女王大人，"恺撒回答道，"我和这些勇敢的人们，一定会把入侵者赶回去的。然后，我们会自行返回那道黑暗的门，也就是您年轻的守卫者们把我们召唤出来的那道门。我们一定会打败敌人的，看他们的样子，这场仗应该很轻松。只不过，恺撒从来不和女人干仗，我们这边的女人很少，但我觉得，她们每人都如狮子一般勇猛。"

说完，他微笑着看了一眼圣女贞德，贞德也回了一笑，那笑容明丽得就如她腰间的佩剑一样。

"你们中有多少女人？"女王问道。

圣女贞德答道："博阿迪西亚女王、托菲利达，加上我，一共三个。"

"但是我们三个，"托菲利达大喊道，"个个以一当百。要是我们拿鞭子当武器，准能把他们像狗一样，赶回他们用红蓝布做的狗窝去。"

"可我很担心，她们会不会用体重把你们压死。"女王说，"她们真的很重。"

凯特琳这时候想到了个点子，高兴地说："我们把那些亚马孙人叫出来如何？"

"这主意不错。"恺撒和蔼地说，"你们能不能回知识山洞去？亚马孙人就在角落的第三本书里，那里趴着一只很大的紫色海星，很容易找到的。"

于是，孩子们赶紧向金门跑去。他们急匆匆地游到山洞的角落里，果然看到了那只紫色的大海星。他们敲了敲书，然后按照事先计划好的，由凯特琳召唤他们："请出来吧，亚马孙女王，将您所有的女战士一同带出来吧。"

话音刚落，一位漂亮的女士穿着金色的铠甲就出现在了他们面前。

她直起身来，威风凛凛地站在一块大石头上，说："你们最好给我们准备一条船，或者弄个桥来，从这里直通金门。恺撒的书里有很多这类东西，他应该不介意你们用一用。我和我的女战士们不能下水，那样会把弓弦打湿的。"

于是，弗朗西斯跑去召唤出了一座桥，可是这座桥不够长，他只好跑回去，又召唤出了一座桥。然后，亚马孙女王把自己所有的女战士都召唤出来了，浩浩荡荡地顺着墙往金门走去，那队伍简直无边无际。这些女战士都很高、很漂亮，全副武装，已经准备好投入战斗了。她们都背着弓箭，孩子们注意到，她们胸口的一边比另一边平很多。女战士们一个接一个向金门走去，走了很久很久，走得凯特琳都困了。终于，玛维丝说："陛下，这就够了吧。要是再继续召唤下去，恐怕就太迟了。"

于是，女王停止了召唤，和孩子们一起返回了王宫。亚马孙女王和圣女贞德还有其他姑娘们打了个招呼，仿佛她们早就互相认识了一样。

很快，他们就制订好了计划。真希望我能给你们仔细讲讲，书中的好人是怎么打败书中坏人的，但是时间不够了。而且，孩子们也没能见证全程，所以你们也看不到啦。这场战斗发生在王宫的花园里，两边的数量差不多，因为书虫真的召唤出了很多很多坏人。这些坏人，虽然没有仙童夫人和石头先生那么让人讨厌，但也坏得够呛。尽管孩子们也想在战场上尽一份力，但大家都没让他们上前线。他们只能远远地待在安全的地方，勉强能听见坐骑的嘶鸣声、弓弦的嗡嗡声以及战士们的呐喊声。时不时的，他们能看见一群群逃兵拥上珍珠小道，后面追着一大群举着刀剑的英雄人物。

渐渐地，远处的呼喊声突然变成了一阵大笑，美人鱼女王

听见了，起身向战场赶去。等她到了战场上，自己也忍不住笑出了声。原来，那些亚马孙战士们只瞄准了敌军中的男人，对于敌军中的女人，她们压根就不屑于动手。等到书中的坏男人都被赶回去后，那些坏女人只会趴在那里尖叫。战士们没有用手里的剑、矛和匕首对付她们，而是轻轻地把她们提起来，扛在肩上。不管她们怎么尖叫、怎么抓挠，战士们都无动于衷，找到她们的书，把她们塞回去，然后狠狠地关上了书皮。

博阿迪西亚女王扛着马卡姆夫人，她把棕色丝绸的袖子撸了上去，露出戴着手镯的手臂，活像个顽皮的孩子。圣女贞德则负责把好运姑姑塞回去。亚马孙女王轻而易举地就把石头小姐，连同她那一大堆珠珠串串都举了起来，像抱宝宝一样把她抱了回去。托菲利达的任务最重，她从一开始的时候，就独自一人对上了阿尔特鲁达。阿尔特鲁达是她的老对手了，两人以前就如针尖对麦芒，虽然大多数时候都是美貌上的较量。这次，托菲利达眼中的怒火似乎成功灼伤了敌人，把她逼得不断缩小，越来越小，越来越小，终于落荒而逃，转身爬回了自己的书里，一把关上了门。

"可是，"玛维丝一直跟着她们，忍不住好奇道，"你们不是住在同一本书里吗？"

托菲利达笑了笑，说："其实不是的，我住在另一版里。我那个版本里，住着所有的好人。她那个版本里，住着所有的坏人。"

"赫里沃德在哪里呢?"玛维丝还没来得及拦住她,凯特琳就口无遮拦地问道,"你是爱他的,对吧?"

"没错。"托菲利达说,"我爱他,但他现在不住在我那版里。但是,总有一天他会搬过来的。"她叹息了一声,最后朝孩子们笑了笑,打开她的书,钻了进去。

孩子们慢慢往王宫走去,战斗结束了,所有的书中人都回到了自己的书里,就好像一切都没有发生过一样。当然了,孩子们还是觉得有什么不一样了,他们亲眼见到了故事里的那些人物,以后不管他们读哪本书,都会觉得很奇妙。

是呀,你们会不会也觉得读书更有趣了呢?毕竟,你们可能随手拿起一本书,就能发现这些主人公其他的故事。到处都可能是惊喜。

他们在王宫的院子里见到了弗莱娅公主,她紧紧握住他们的手,感谢他们保卫了自己的祖国。她说，在南边的牡蛎园里还发生了一场小规模战斗，但是敌人被打败了，已经撤退了。

"卢比告诉我，他们的主力军打算在午夜时分进攻。"她说，"这孩子真是太棒了，值得他体重那么多的珍珠。今夜我们都别睡了，随时准备迎接命令。你们知道自己要做什么吧？你们应该也知道你们纽扣的力量了吧？还有解药的事。到时候，我可能就没时间再给你们细说一遍了。你们一定很累了吧？赶紧趁现在休息一下。对了，你们最好穿着盔甲睡觉。"

于是，孩子们就地躺在兵器库边的海草上，一秒钟就睡着了。

也不知道是因为他们生来如此，还是盔甲的魔力，他们躺下的时候，心中毫无畏惧；他们睡着的时候，一个梦也没做；被惊醒的时候，也一点都没有害怕。一个牡蛎下士悄悄来到他们身边，戳了戳他们的手臂，悄声说："该走了。"

他们立刻就清醒了过来，翻身坐起，捡起旁边的牡蛎壳。

"我感觉自己像罗马士兵一样。"凯特琳说，"你们呢？"

其他几个孩子早就不怕了，自始至终，他们都一直觉得自己如罗马士兵一般勇敢。

守卫室里忽明忽暗，牡蛎军举着火把走来走去。其实这些火把都是些发磷光的鱼，闪着冷冷的光，就像知识山洞里的柱子发出来的光一样。龙虾把守的拱廊外，海水黑沉沉的，但是十分清澈。一些大个的磷光鱼绕在石柱子上，这些鱼长得就像

泰晤士河边路灯上的雕刻一样，只不过在美人鱼王国里，他们直接把这些鱼当成了路灯用。光很亮，就像是晴朗的月夜一般，海底没有树，所以不会像在陆地上一样，枝丫不会挡住大片的光，也不会投落大片的阴影。

四周一片繁忙的样子，大马哈鱼们派了一个小队出去，专门骚扰敌人。海胆们都穿着海草做的伪装服，由卢比领着，随时待命。

战斗还没有开始，孩子们抓紧时间，练习使用他们的牡蛎壳。他们把海草绑成大人胳膊那么粗的靶子，假装这些靶子是敌人的脚踝，一遍又一编地练习着。很快，他们就熟练掌握了使用牡蛎壳的技巧。弗朗西斯刚夹完特别大的一个靶子，突然听到一声"所有人回到自己岗位"，他连忙碰了下那个机关弹簧，牡蛎壳立刻张开来。

孩子们自豪地站到了弗莱娅公主身边，这时，远处传来一阵微弱的响动，就像在他们的耳膜上轻轻敲击一样。终于，那声音越来越响，连他们脚下的土地都似乎颤动了起来。公主小声道："海底人的主力来了。准备好，我们埋伏在这些石头里。举起你们的牡蛎壳，只要看见脚就夹住，然后把牡蛎壳贴在石头上。剩下的，就交给这些神奇的牡蛎壳吧。"

"我们知道，谢谢你，亲爱的公主。"玛维丝说，"你没看见，我们刚刚一直在练习吗？"

但是公主没有听见她的话，这时候，她一直在给手下的士兵们寻找合适的藏身之所。

部队行军的声音越来越大、越来越大，通过海水里淡淡的光，孩子们已经能看见那些高大的深海人了。

他们实在是太可怕了，比人类高大得多。他们和螃蟹们之前打败的敢死队不一样，他们更坚定，看起来更有秩序。随着他们越走越近，孩子们已经能看见他们的脸了。这支大军马不停蹄地向美人鱼王国进发，可是，令人惊讶的是，他们脸上的表情竟然很悲伤。至少弗朗西斯是这么觉得的，这些强壮的人们似乎很难过，就像是在竭力忍受什么巨大的痛苦一样。

"但我是美人鱼这边的。"弗朗西斯这样劝自己道，可是为什么，他的心里突然有一种同情的感觉呢？

现在，最前面的一排人已经走到了公主那里。她按照传统，身先士卒，而不是躲在战士们后面。她率先冲了出去，准确地用牡蛎壳夹住了左边那个人的脚踝。孩子们也跟着冲了出去，他们的练习起了作用，牡蛎壳使得又快又准。每个牡蛎壳都牢牢地系在了石头上，无论敌人怎么挣扎，都挪不动分毫。一种自豪又愉悦的胜利感席卷了孩子们的心，对付这些愚蠢的海底人可真容易啊！他们不禁觉得那些紧张的美人鱼们有些好笑，这些头脑简单、四肢发达的敌人们，哪里有一丁点可怕嘛。就这么一瞬间，敌军已经有五六十人被绑住了腿。赢得太轻松了。

带着这种骄傲的感觉，四个孩子待在原地一动也没动。完成第一个任务的成就感冲昏了他们的头脑，他们不记得第二个任务了。他们站在原地，享受着胜利的快感，忘记了自己应该赶紧回武器库，为甲壳战队取来新的武器。

这个错误是致命的。他们站在原地，欣赏敌人无助的愤怒时，厄运从天而降了。他们觉得自己被什么细细的线罩住了，那些线罩住了他们的脚、他们的石头、他们的耳朵，勒平了他们的鼻子。他们转过头，发现龙虾把守的门廊离他们越来越远、越来越远。他们拼命挣扎，可身体还是不受自己控制地往撤退的敌军那里漂去。

"我们为什么没听公主的？"凯特琳小声说道，"这下糟了！"

"确实糟了。"伯纳德说，"我们被网子抓住了。"

他们确实是被关进了网子里，一个高高的海底人步兵抓着网子，就像举着气球一样，轻而易举地把孩子们带走了。

　海底人

你们中间有谁有过同样不幸的遭遇吗？在战斗中被敌人抓进网子里，像气球一样无助地被拖到敌军内部？如果有的话，那你们一定会很佩服孩子们，因为他们在这种不利的情况下，依然保持着理智。

网子很强韧，是由海草的纤维编织而成。孩子们试着扯断网子，但是没有成功。他们手上连牡蛎壳都没有，那些壳粗糙的边缘没准能有用。再不济，那些壳好歹也是件称手的武器啊。他们现在的姿势很不舒服，用凯特琳的话来讲，就是"分不清是谁的胳膊谁的腿"。现在这种情况下，要想调整姿势，就难免会把其他人弄伤或者弄痛。

"长痛不如短痛。"挣扎了一会儿，一点成效都没有之后，玛维丝终于忍不住说，"弗朗西斯你先来，快，看能不能挪到没裹住我们的网子上，然后凯特琳再试试。"

这个主意不错，四个孩子一个接一个地挪开了，终于，他们一个挨一个地坐在了网子底上。只不过，要是不小心的话，网子的壁还是会把他们不小心推到别人身上。

他们调整好姿势后，终于可以打量一下四周了。此时，四周的样子已经完全不同了。这里黑漆漆的，举目四望，只有他们被抓来的方向有一丝亮光。这感觉很奇怪，就像半夜坐在圣保罗大教堂的顶上看伦敦一样。远处有些亮光，就像火车和汽车的头灯一样，一闪而过；还有些较小的光源，可能是出租车或马车，点缀在无边无际的黑暗中，撕裂了面前一小片黑暗。

这时，他们眼前出现了一片片圆圆的光源，就像大邮轮的舷窗一样。其中一片光源冲他们这边来了，凯特琳突然想到一件很疯狂的事情，如果船沉了，会不会就像他们一样，也能在海底继续生存呢？可能真的能吧，但现在漂到他们眼前的并不是沉船。

他们面前的是一条大鱼，两侧有一排排的磷光。大鱼游过的时候，嘴巴大张着，孩子们吓得闭紧眼睛，觉得小命就要玩完了。但是，等他们再睁开眼睛的时候，那条大鱼已经游远了。凯特琳被吓得不轻，眼泪都流出来了。

"要是没来就好了。"她说。其他人没说话，但都觉得她说的有些道理。他们笨拙地安慰着凯特琳，也安慰着自己，没准一切都会好起来呢。话虽这么说，但他们心里真的没什么把握。就像我之前说过的，有时候，事情实在是太可怕了，你仔细想想，就会发现并不会发生。我们所有人，只要内心还存在

着一丝丝正义，都不会认为，这些高尚的孩子们在帮助美人鱼朋友们守卫国家后，会遭遇可怕的不幸。伯纳德这时候说起一些战争中幸存者的故事，可他的语气实在是一点说服力都没有。弗朗西斯连忙叫他闭嘴。

"可我们现在该怎么办呢？"凯特琳第二十次抽了抽鼻子。

那个下士还在不停地往前走，身后拽着装着四个孩子的网子。

"按下珍珠按钮吧。"弗朗西斯满怀希望地建议道，"这样，我们就能隐身，变得无形了。然后，我们就能逃跑了。"说着，他伸手摸向自己的纽扣。

"不行。"伯纳德一把按住他的手，说，"你怎么不明白呢？要是我们这么做了，就永远逃不出网子了。他们要是看不到我们，也摸不到我们，就会以为网子是空的。到时候，他们就会把网子挂起来，或者放进箱子里。"

"然后，一年年过去，我们就会被永远困住。我懂了。"凯特琳说。

"可是，到时候我们一下就能从网子里出去了，对吧？"玛维丝说道。

"当然。"伯纳德说着，但大家都清楚，他们其实做不到。

终于，那个下士穿过一排排大石头宫殿，经过一条巨大的拱廊，停在了一座大厅前。这座大厅大极了，足有圣保罗大教堂和威斯敏斯特大教堂加起来那么大。

一群海底人围着桌子坐在石头板凳上，本来在吃着发光的奇怪食物，见到下士纷纷站起身来，大喊道："有消息吗？"

"带回来四个俘虏。"下士答道。

"海面人啊。"一个上校说，"我接到命令，要立刻带他们去见女王。"

他走到大厅的尽头，走上一道绿色的台阶，那台阶颜色很通透，看起来像是玻璃或翡翠做的。我觉得应该不是玻璃，这是海底啊，他们怎么烧玻璃呀？台阶下隐隐透出些亮光，这些光透过绿色的台阶照上来，看着美极了，弗朗西斯忍不住念起来："美丽的萨布丽娜，倾听你们所坐之处，在那如玻璃般冰凉通透的水浪里。"

突然，网子里又变挤了，孩子们连忙抱成一团。他们慌了好一会儿，才看清网子里多出来的那个是弗莱娅公主，他们忍不住流下了高兴的泪水。

“我不是故意的，亲爱的公主，真的。”弗朗西斯连忙解释道，“都是这些台阶，让我想起了通透这个词。”

“是挺通透的。”公主说，“唉，你们是不知道我的心情。你们是我们的客人，我们的骑士，我们高尚的守卫者。你们被抓了，可我们其他人却好好的。我很高兴，你们召唤了我。当然，我也很自豪，因为你们太勇敢了，这种时候都没有想着故意召唤我，而是不小心才把我召唤了出来。”

“我们真的没想过把你喊过来。”玛维丝害羞地说，“我们完全把这事给忘了。”

“你们怎么不按珍珠纽扣呢？”公主问道，孩子们照实回答了。

“聪明的孩子们。”她说，“但是，我们最好还是先把解药喝了吧，否则，我们就要失忆了。”

“我不喝。”凯特琳说，“我一点也不想记住。要是我记不住，我就不会害怕了。求求你了，还是让我忘记吧。”她满脸恳求地扯住了公主。公主悄悄对玛维丝说：“这样或许是最好的。”于是，他们就允许凯特琳不喝解药了。

其他人刚喝下解药，下士就把网子扔在了一张大桌子上。这张桌子像是用一整块钻石雕出来的。然后，下士把脸贴在了地上，这是海底人给上级行礼的方式。

“我把俘虏带回来了，陛下。”行完礼后，他站起身说，“一共四个小海面人。”他转过身来，指了指网子，突然顿了一下：

"还有一个。"他的声音突然变了,"陛下,这个人一开始不在网子里,我发誓。"

"把网子打开。"一个坚定而不失甜美的声音说,"让俘虏们站起来,我要看看他们。"

"他们可能会趁机逃跑,亲爱的。"另一个声音说,"万一他们要人怎么办?"

"萨布米夏,"第一个声音说,"你和另外四个姑娘准备好,把俘虏一个一个带过来。记得把他们抓牢了,然后等我的指令。"

网子被打开了,一双又大又强壮的手抓住了伯纳德,因为他是离网子口最近的那个。那双手轻轻地把他提了起来,紧紧地把他抓住,帮他站在了桌子上。其实,四个孩子都站不起来,因为他们还戴着尾巴呢。

他们看见面前的王座上,坐着一位高大美丽的女王,她很漂亮,但看起来也很悲伤。她的身边坐着一位国王(他们是靠王冠认出来的),他不如自己的妻子好看,但也和其他笨重的海底人不一样。他看起来也很悲伤。他们穿着厚厚的海草袍子,身上戴着珠宝,王冠如同最奇妙的梦境一样美丽。他们身下的王座是由血红色的红宝石做成的,上面罩着海草编织的流苏垫子,流苏上坠着些黄玉和紫晶。女王站起身来,顺着台阶走了下来,对她口中的萨布米夏说了几句悄悄话,然后又对着抓着孩子们的高大女士各说了几句。

那五个人的动作一致得可怕，她们一下剥掉了俘虏身上的魔法盔甲，又一下卸掉了他们身上的尾巴。这下，公主和四个孩子一样，都是光着腿站在桌子上了。

"多么有趣的小东西啊！"国王的语气还算和善。

"嘘。"女王说，"没准他们能听懂你的话呢，就像那些美人鱼姑娘一样。"

孩子们气极了，他们怎么能这样无礼地说美人鱼公主呢。但是，公主本人倒是非常冷静。

"在我们抹去你们的记忆前，你们愿意回答几个问题吗？"女王问道。

"有的可以回答，有的不行。"公主说道。

"这些是人类小孩吗？"

"是的。"

"他们是怎么到海下来的？"

"美人鱼的魔法，你不懂的。"公主骄傲地说。

"他们有没有帮你们打我们？"

"有！"伯纳德和玛维丝赶在公主之前答道。

"我们很荣幸。"弗朗西斯又加了一句。

"你们要是把美人鱼的兵力布置说出来，我们就把尾巴和盔甲还给你们，然后放了你们，怎么样？"

"这可能吗？"公主说，"我是美人鱼，是王族的公主，我怎么可能背叛自己的国家？"

"我猜也不可能。"女王顿了一下，说，"去拿一杯遗忘魔药来。"

遗忘魔药倒是挺好喝的，尝起来像是咖啡和椰子，又像是菠萝冰；像是李子蛋糕，又像是烤鸡，有一点香草和玫瑰的味道，还有一点高级古龙水的味道。

孩子们以前在派对上，喝过苹果酒，也喝过香槟，这两种酒他们都不喜欢。但是，这种遗忘药剂的味道倒是挺不错。药剂装在用蛋白石做的高脚杯里，颜色一会儿粉，一会儿白，一会儿绿，一会儿蓝，一会儿灰，杯子两侧都刻着图画，是一些漂亮的人儿在睡觉。孩子们和美人鱼公主轮流来，一个人喝完之后，就有一条特别漂亮、表情很矜持的鱼接过杯子，用双鳍捧着，递到下一个人手里。这条鱼，就是御前传药使者。于是，大家一个接一个地喝完了遗忘药剂，凯特琳是最后一个。

药剂对前四个人都没什么效果，但是凯特琳喝完后，立刻在大家面前起了变化。虽然大家已经知道，喝下药剂凯特琳就会忘记一切，但眼睁睁看着药剂起作用，实在是太吓人了。

本来，玛维丝为了保护凯特琳，一直用一只胳膊搂着她。没想到，凯特琳刚吞下药剂，就一把将玛维丝的胳膊甩开，闪到了一边。这举动，像刀子一样戳痛了玛维丝的心。凯特琳看着自己的兄弟姐妹们，眼神就像看陌生人一样。要是你心爱的人这么看着你，该是多么令人难过啊！

他们之前商量好了，只要还被关在网子里，就要假装药剂生效了。他们说好了，人人都要站着不动，一句话也不说，装得越蠢越好。可是，看着亲爱的凯特琳冷漠的样子，玛维丝终于受不了了。这也不怪她，这事谁也受不了啊。所以，当凯特琳愤恨地看着玛维丝，并闪身躲开时，玛维丝终于撕心裂肺地喊了出来："亲爱的凯特琳，你这是怎么了？"事情发生得太快，公主和两个男孩根本来不及阻拦。然后，两个男孩的反应让事情更糟了。他们低声说："快闭嘴，玛维丝。"只有公主一人还保持着理智，她什么也没说，什么也没做。

凯特琳转过身来，看着她的姐姐。

"凯特琳，亲爱的。"玛维丝又说了一遍，然后什么也说不出来了。眼看着至亲用凯特琳这种眼神看着你，你除了"亲爱的"三个字，还能说出什么呢？

凯特琳看了玛维丝一眼，就转身去看女王。她看了看女王，走过去，趴在她的膝盖上，就像是把女王当成了自己的母亲一样。

"可爱的小东西。"女王说，"瞧，多温顺啊，我就养起来当小宠物吧。真可爱！"

"不行！"玛维丝大喊道，公主连忙让她别出声。女王跟没听见一样，理都不理她。而凯特琳则在她的新主人身上蹭来蹭去。

"至于你们四个。"女王说，"从你们的表现来看，遗忘药剂还没有生效啊。所以，我还不能让你们去见想要宠物的人，那些人都很高贵、很杰出。明天再让你们喝一杯药剂试试，现在嘛，狱卒，给他们戴上脚铐。"

一个个子高高、面色愁苦的海底人走上前来，手臂里捧着些覆满鳞片的尾巴。孩子们看见那些尾巴时，心忍不住激动得跳了一下，那是他们的尾巴吗？可是，那尾巴刚装上，孩子们就立刻认清了事实。

"你们发现了啊，"女王说，"这些都是假尾巴，你们脱不下来，也没法穿着这尾巴游泳或走路。不过，你们还是可以舒舒服服地在海底爬的。怎么了？"最后那句是问狱卒的。

"陛下，这人怎么也套不上尾巴。"狱卒答道。

"我是美人鱼王国的公主。"弗莱娅公主说，"你那些假尾巴根本套不住我。"

"把他们都关进牢房就行了。"国王说，"过不了多久，他们就会像其他囚犯一样，再也高兴不起来了。"

海底人的监狱很大，上宽下窄，两边堆着巨大的石块，这才能稳稳地立在海床上。囚犯们是被装在网子里拖过去的，所以一开始他们都迷迷糊糊的。等狱卒把他们放下了，他们才发现，这个监狱其实是一艘大船。这艘大船保存得很好，就像刚停在港口一样，海水似乎对它一点影响都没有。他们被关在了大厅里，这一天实在是太累人了，他们刚躺在舒服的红丝绒垫子上，就立刻沉入了梦乡。就连玛维丝都立刻睡着了，她相信，女王现在很喜欢凯特琳，凯特琳应该没有危险。

公主是最后一个睡着的，她盯着熟睡的孩子们看了很久，叹息道："他们怎么就是想不到呢？我为什么不能直接告诉他们呢？"

两个问题都没人回答，于是，公主也睡着了。

其实我也很奇怪，为什么孩子们就没想到，他们可以一遍又一遍地念"美丽的萨布丽娜"呢。他们每念一遍，就会有一个美人鱼回应他们的召唤，很快就能组起一小支部队。这支部队应该能轻松打败狱卒，到时候，他们就自由了。

我真希望有足够的时间给你们讲讲凯特琳的事，毕竟，对于你们小孩子来说，当女王身边的宠儿恐怕才是你们最感兴趣的。就好比亚历山大女王养的日本犬的故事，是不是很有吸引力啊？但是时间紧急，我只能长话短说。人生就是如此，总有些事是你们没法知道的。

第二天，狱卒又来了，这次他带来了食物和新的遗忘药剂。孩子们乖乖喝下药剂，当然，这次的药剂对他们也没什么用。于是，他们又花了一整天，计划怎么逃跑。到了晚上，狱卒的儿子又带了些食物和遗忘药剂来，他们吃喝的时候，那男孩一直坐在旁边等着。看他不像是很仇视他们的样子，弗朗西斯决定冒险跟他聊几句。

"喂。"弗朗西斯喊道。

"喂什么？"那个海底人小孩问道。

"你不能和我们说话吗？"

"没有啊。"

"拜托了，你能告诉我们，他们打算把我们怎么样吗？"

"我也不知道，但不久之后应该就有消息了。最近抓的人多，监狱很快就要满了。到时候，我们就会让你们有条件地离开。也就是说，你们必须戴着假尾巴，这样你们就没法逃走了。就算遗忘药剂还是没效果，你们也可以出狱。"

"喂。"伯纳德也想问问题。

"你又喂什么？"

"你们的国王和王后为什么不去打仗？美人鱼的王族都去打仗了啊。"

"那是违法的，"海底人小孩说，"我们曾经抓住过一位国王，所以我们的人民很担心，害怕我们的国王和王后也有可能被俘。所以，他们就制定了这样的法律。"

"你们把那位抓来的国王怎么了？"公主问道。

"我们把他关到一片湖里去了。"海底人小孩说，"就是四面环陆地的水。"

"我要见他。"公主说。

"没问题。"海底人小孩说，"等你们答应有条件地离开后，就可以去了。有一条长长的水道，可以直通湖里。很多年轻人一周去三次，虽然他不是国王了，但现在是大家的贝类学教授。"

"他忘记自己曾是位国王了？"公主问道。

"没错，但他太有学识了，遗忘药剂没法让他忘掉所有事情，所以他现在还是位教授。"

"他是哪儿的国王？"公主紧张起来。

"他是野蛮人的国王啊。"狱卒的儿子说完，公主叹了一口气。

"我还以为是我父亲呢。"她说，"他在海里迷路了，唉。"

海底人小孩同情地点了点头，离开了。

"他看着不像是坏人啊。"玛维丝说。

"是啊。"公主说，"真是搞不懂，我还以为所有的海底人都是凶猛残忍的生物呢。"

"除了长相，他们和我们好像也没什么不同啊。"伯纳德说。

"我很好奇，"玛维丝说，"这场仗是怎么打起来的？"

"我们一直是敌人啊。"公主心不在焉地说。

"我知道，但你们一开始为什么会成为敌人呢？"

"噢，你问这个啊。"公主说，"真实原因早就不为人知了，很久很久以前就消失在了历史的迷雾中。"

"这样啊。"玛维丝说。

于是，趁着厄尔芬下次来送饭的时候——我有没有说过，狱卒的儿子叫厄尔芬——玛维丝问了他同样的问题。

"我不知道，陆地上的小姐。"厄尔芬说，"但我会找到答案的。我叔叔是国家档案馆的管理员。那里有很多很多石板，多得数都数不清。好在我们还有一些小石板，能告诉我们大石板

上讲了什么。"他犹豫了一下，说，"如果我带你们去档案厅，你们能答应我不逃跑吗？"

他们已经被关了两天了，只要能出去，什么都愿意答应。

"瞧，监狱已经快满了。"他说，"你们要是愿意答应有条件地离开，一定可以。我去问问我爸爸吧。"

"喂。"玛维丝喊道。

"喂什么？"厄尔芬问。

"你知道我妹妹怎么样了吗？"

"女王的新宠物小孩？她好着呢，给她定做的金项圈今天刚到，我表亲的姐夫做的，上面刻着她的名字。"

"名字？凯特琳？"玛维丝问道。

"不是，项圈上的名字是菲多。"厄尔芬说。

第二天，厄尔芬给他们带来了有条件离开的协议书，协议书是用自由树的树叶做的，自由树就种在真理井里。

"别弄丢了。"他说，"跟我走吧。"他们发现，用手和尾巴"走"得也挺快的，就是挪动起来太像海豹了。孩子们跟着厄尔芬，穿过奇怪的宽大街道。一路上，厄尔芬会指着街边的建筑，给他们一一介绍，就好像我们给客人介绍自己城市的景致一样。

"这是占星塔。"厄尔芬指着一座高大的建筑，说，"智者们会坐在这里观察星星。"

"海底还能看见星星？"

"能啊。塔上装了管子和镜子，还有清水设备。全国最聪明的人都在这里，除了贝类学教授。他才是最最聪明的。他发明了抓住你们的网子，做网子也是他学过之后就忘不了的事儿。"

"但是谁想到用网子来抓囚犯的啊？"

"是我。"厄尔芬自豪地说，"因为这个，我还赢了枚玻璃奖牌呢。"

"海底有玻璃？"

"沉下来的玻璃很少，特别珍贵，所以我们就把玻璃雕刻成了奖牌。这是图书馆，里面有几百万片石头呢。旁边是公共娱乐馆。那是妈妈乐园，孩子们去上学的时候，妈妈们就会在这里休息。那里是我们的学校。这个就是我们的档案馆了。"

档案管理员彬彬有礼地接待了他们。每天和厄尔芬相处，孩子们也都习惯了海底人的长相，所以现在再看见海底人，他们也不会觉得奇怪或者可怕了。档案馆的大厅很大，一排排架子都是用石头做的，上面摆满了记录海底世界各种事情的石片，那景象一眼望过去，真是令人难忘。

"你们想知道什么？"管理员把展现给他们看的石片推开，说，"厄尔芬说，你们想看点特殊的东西。"

"战争是怎么打起来的？"弗朗西斯问道。

"国王和女王为什么这么不一样？"玛维丝问道。

"第一场战争，发生于三百五十七万九千三百零八年前。一个海底人，在下海马的时候，不小心踩到了一条沉睡的美人鱼的尾巴。他没有道歉，因为他曾发誓，整整一年零一天，一个字也不能说。要是美人鱼等到他能开口解释的那天，战争也就不会发生了。可是，美人鱼立刻发动了战争，当然，战争开始后，你也不用指望海底人会道歉了。就这样，美人鱼和海底人之间的战争一直持续到了今天。"

"战争就不能停止吗？"伯纳德问。

"除非我们道歉，当然了，得他们先发现战争的真实原因，并且他们得承认，不是我们的错误。"

"真过分。"玛维丝说，"为了这么点小事。"

"是啊。"管理员说，"我们到底为什么打仗，关于这个问题，我是不该回答的，但我知道你们喝过遗忘药剂了。厄尔芬告诉过我，你们的遗忘药剂还没起作用，但总会起作用的。我们原本是没有国王和女王的，我们本来是个共和国，但总统又傲慢又贪婪，他的朋友和亲戚也都跟他一个样儿。所以我们决定，变成君主国。我们想着，要是我们把最漂亮的两个陆地人找来，那大家就都不会再相互嫉妒了。这件事很成功，因为那两个陆地人没有亲戚，所以我们没花多大代价，就把他们带回了海底。"

管理员好心地解答完大家的问题，公主突然问道："我们能去学贝壳学吗？"

管理员和蔼地说："可以啊，明天就是教授讲课的日子了。"

"今天不能去吗？"公主说，"去商量下上课的细节什么的。"

　　"要是叔叔答应，我倒是可以带你们去。"厄尔芬说，"我愿意带你去，帮你做事，这是我这辈子最快乐的事情。"

　　厄尔芬的叔叔看起来有些紧张，但他觉得，去拜访下教授

内斯比特
儿童幻想
小说

也不是多大的事。于是，一群人就去找教授了。对于不是海豹的他们来说，这条路实在是太长了，因为他们还没习惯海豹这种用手和尾巴走路的方法。他们慢慢地走过一座房子，正当他们觉得这条路没有尽头时，一个年轻的海底人从窗户里探出头来，喊道："你好啊，厄尔芬！"

"你好啊。"厄尔芬走过去，和那个年轻人说起悄悄话来。

两分钟后，那个年轻的骑兵队长下了个指令，几匹巨大的海马就背着全套马鞍，从拱形门廊那儿跑了过来。孩子们笨拙地爬上了海马的背，街上的人们看着，觉得戴假尾巴的人上海马的样子十分好笑。但他们的笑声听起来很友好，孩子们就没介意。这些海马简直是他们的救星，他们总算不用在地上挪动了。

在海底骑海马真是太有趣了，很快，他们就离开了城市中心，顺着一条陡峭的长路，往山岩中心跑去。整个海底世界都被一种磷光点亮了。

跑了几个小时，孩子们就算骑在海马

166

背上，也开始觉得有些累了。这时，磷光突然消失了，但海底并没有陷入黑暗。前方有一丝光，随着他们往前走，这丝光也越来越亮了。走了没一会儿，他们就发现，这丝光是从他们头顶的浅水里照出来的。

"我们把海马留在这儿吧。"厄尔芬说，"它们在空气里没法呼吸。走吧。"

他们下了马，往上游去。其实，真正在游的只有厄尔芬和公主，其他人则手牵手，被他们俩给拉了上去。他们游啊游，终于游到了水面。冒出水面后，他们发现自己在石头岸边不远处。于是，一行人上了岸，穿过陆地，跳到了一片湖里。

"这里就是孤水了。"大家到达水底时，厄尔芬说，"那位就是国王。"

一个穿着长袍的身影，优雅地过来了。

"这里和我们的花园一样，就是小一些。"公主的声音开始颤抖了。

"这是按那位国王囚徒的意思造的。"厄尔芬说，"就算被抓了，他也是位国王啊。"

那个身影很快就来到了面前，大家一齐向他行了礼。

"陛下，我们能跟着你上课吗?"

国王答了话，但公主没听，她把厄尔芬拉到了一边，说："厄尔芬，这个被囚禁的国王，是我父亲。"

"这样啊，公主。"厄尔芬说。

“他不认识我了……”

“他会认出你的。”厄尔芬坚定地说。

“你确定?”

“嗯。”

“可是你把我们带过来,你的人会惩罚你的吧?这是我父亲,你让我们团聚了。可他们会杀了你吧!厄尔芬,你为什么要这么做?”

“因为这是你的愿望,公主。”厄尔芬说,“我宁愿为你死,也不想再一个人活着了。”

第十一章　　**和事佬**

　　孩子们从没见过教授这么高贵的人，美人鱼公主站在一边，死死地盯着教授看。现在，她总算理解玛维丝看见凯特琳失忆时的心情了，太糟糕了，看着那双你深爱的眼睛，可眼睛的主人却一点认出你的意思都没有。她转过头，假装看着旁边的树篱。这时，玛维丝和弗朗西斯已经在和教授安排上课的事了。他们想一周上三天课，从周二上到周四。

　　"你们最好去上学。"教授说，"跟着我，你们学到的内容很少。"

　　玛维丝说："可是，我们就想跟着你学。"

　　教授探究地看了她一眼，问："是吗？"

　　"是啊。"她说，"至少……"

　　"好了。"他说，"我懂。我只是一个流亡的教授，给年轻的异族教授贝壳学。这么多年了，我还是残存着一些智慧的。我知道，我的身份不只是一个教授，我也知道，你们的身份也不像表面上这样。我还知道，你们并不是诚心想学贝壳学的，而只是想借机做点别的事情。我说得对吗，孩子?"

没人回答，他最后这个问题是对着公主问的。她听到了，转过头来，答道:"是的，我最机智的国王。"

"我不是什么国王。"教授说，"我只是个孩子，在知识的海洋边捡起了一两块鹅卵石。"

"你确实是国王。"公主激动起来，厄尔芬连忙打断了她，在她耳边说，"小姐，小姐! 这样下去，一切就完了。你得想个更好的法子，要是再这么冒失下去，我就要丢脑袋了。我倒不是怕死，而是担心我死之后，你就要孤身一人待在这异国了。要是我真为你这种不小心的举动而死，我该多么遗憾啊!"

教授看着他们俩，微微有些惊讶。

"你这服务，"他说，"真是只可意会，不可言传啊。"

"我故意的。"厄尔芬突然变了态度，说，"瞧，先生，看来你是不太在乎自己会怎么样的，对吗?"

"没错。"教授说。

"但要是你的新学生发生什么，你还是会介意的吧?"

"对。"他的目光落在了弗莱娅公主身上。

"那你就专心教书吧，别的不用你管。现在发生的事，你很难相信啊。"

"相信一向很简单。"教授说，"你们说几点来着，明天两点?"他优雅地行了个礼，转过身，穿过花园走了。

大家骑着借来的海马，往回走的时候，各个都满腹心事。没人说话，孩子们都在想厄尔芬说的奇怪的话，就算再没有想象力，比如伯纳德，也觉得厄尔芬这是打算要帮助他们这些囚犯了，尤其是其中某一位。厄尔芬也没说话，其他人不禁有了希望，觉得他这是在想计划。

他们回到了窗户很多的牢房里，交还了有条件离开的协议。等到了晚上，只剩他们自己了，伯纳德才把大家憋了一天的话说了出来："听我说，我觉得厄尔芬想帮我们逃跑。"

"是吗？"玛维丝说，"我觉得他是想帮我们，但应该不仅仅是逃跑。"

"应该不是要帮我们逃跑。"弗朗西斯说。

"但逃跑不是我们最想做的事吗？"伯纳德说。

"不是我最想做的事。"玛维丝吃完最后一颗海葡萄，说，"我想帮美人鱼国王恢复记忆。"

听到这句话，美人鱼公主激动地握住了她的手。

"我也是。"弗朗西斯说，"但我还有更大的目标，我想制止这场战争。我希望，美人鱼和海底人以后都不用打仗了。"

"怎么才能做到呢？"美人鱼公主撑着脑袋，说，"战争从古就有，以后也会有。"

"为什么呢？"

"我也不知道，美人鱼就这样吧，我猜。"

"我不信。"弗朗西斯认真地说，"我一点都不信。你看不出

171

来吗？跟你们打仗的这些人都很好。女王对凯特琳多好啊，厄尔芬对我们多好啊，还有图书管理员和档案管理员，那个借我们海马的士兵，这些不都是好人吗？你们美人鱼也是好人，好人和好人为什么要打仗？这些快乐的、勇敢的士兵们，为什么要为一点点小事，打个死去活来呢？完全就是没事找事啊。"

"可战争必须存在。"美人鱼公主说，"要是没有战争，人们就会变得又懒又笨又胆小。"

"如果我是国王。"弗朗西斯生气了，说，"我就绝不会让战争发生。除了让勇敢的人伤害勇敢的人，还有多得很的法子让人勇敢起来。比如从火灾、水灾等这样那样的灾难里，拯救自己的人民，都能让人勇敢起来。"说到这里，他突然有些害羞，小声说，"我说这些也没用，你应该都懂。"

"是啊。"玛维丝说，"弗朗西斯，你说得都对，但我们该怎么办呢？"

"我要求见海底人的女王，看能不能跟她讲通道理。她看起来不像是个不讲理的笨蛋。"

听了弗朗西斯这又直接又大胆的想法，大家都惊得倒吸了一口气。但是，美人鱼公主说："我知道你一定会去做自己想做的事，但除非你深谙其道，要跟一个当权者讲通道理是很难的。知识山洞里有很多这方面的书，比如《对王室直言》《有话直说》等，可惜，现在我们一本都拿不到。瞧，国王们的出发点一般比较复杂，他们知道的很多。而且……"

"你都知道，为什么不去跟女王聊聊呢？"

"我不敢。"弗莱娅公主说，"我不过是个公主罢了。唉，要是我亲爱的父王能跟她聊聊就好了。只要他觉得战争可以停止……他就能说服任何人。然后，两个王国就能结盟了，你懂的。"

"我懂，就像友军一样。"弗朗西斯含糊地说道。

"但是，问题是，我亲爱的父亲除了贝壳，已经什么都不晓得了。要是我们能帮助他恢复记忆……"

"喂。"伯纳德突然说，"解药能起反作用吗？"

"反作用？"

"比如说，要是你已经喝下了遗忘药剂，再喝解药还有用吗？难道解药只能预防，不能解毒吗？"

"当然有用了。"公主说，"再喝解药是有用的，但是，我们哪还有解药给我父王啊？解药在这里是做不成的，要不，我们先逃回美人鱼王国，再带一瓶来救他？"

"不用。"伯纳德越说越兴奋，"完全不用，卡特琳的解药还没喝呢，就在她那件魔法盔甲的口袋里。只要我们能拿到，就可以把解药给你父王喝下，然后他就能去跟女王谈谈了。"

"那凯特琳怎么办？"

"要是我父王的记忆能恢复，"公主说，"他的智慧能解决任何问题。先去找凯特琳的盔甲吧。"

"好，"弗朗西斯说，"先这么定了。"其实，他心里有些难

受，因为他原本很期待跟国王谈谈的，只不过，其他人并没有
他这么期待。

"我们把厄尔芬喊来吧。"公主说完，大家一起挠门。这扇
槭木做的门，把他们的牢房和其他牢房分了开来。电铃早就不
能用了，所以，他们要想和外界联系，只能挠门了。

厄尔芬很快就来了。

"我们打算谈判。"弗莱娅公主说，"你能帮帮我们吗？我知
道你一定愿意的。"

"好。"厄尔芬说，"告诉我，你们需要我做什么？"

于是，大家告诉了他。

"公主，你这么相信我，我很高兴。"他说。当他听说弗朗
西斯希望两国能永远和平的时候，他紧紧握住了弗朗西斯长满
雀斑的小手，把嘴唇贴了上去。弗朗西斯又骄傲，又有些害
羞，他注意到，厄尔芬的嘴唇很坚硬，就像角一样。

"我之所以亲吻你的手，"厄尔芬说，"是因为你的想法，拯
救了我的尊严。我本愿意献出一切，放弃我的荣誉，帮助公主
成功出逃。本来为了她，我也会帮你们找到那件盔甲的，但那
样会背叛我的祖国。但现在，我知道了，你们的最终目的是和
平。我们这些士兵，还有整个国家，都很希望能够拥有和平。
那么现在，我帮你们，就变成了促进和平的先驱。此刻，我唯
一的遗憾就是不能为公主牺牲自己了。"

"你知道盔甲在哪儿吗？"玛维丝问道。

"在外来珍宝博物馆里。"厄尔芬说,"那里有很多人把守,还好守卫是海马军团的,长官就是那天借你们海马的那个。他是我的朋友,我要是告诉他你们的意图,他一定会帮你们的。我只要求你们一件事,千万不要试图逃跑,或者回到你们的国家,除非我们的君主赦免你们。好吗?"

孩子们都答应了,他们觉得要做到这些一点都不难。

"那么明天,"厄尔芬说,"就要开始和平计划了,要是成功了,我们一定会名垂青史,被永远铭记的。"

他开心地看了他们一眼,走了。

"他真好,对吧?"玛维丝说。

"是啊。"公主心不在焉地应道。

第二天,孩子们又拿上了有条件离开的协议,去了那座镶满珍珠和绿松石的外来珍宝博物馆。那里有很多奇异的东西,比如瓷器、杯子、水,还有各种陆地上的东西,都是从沉船里找到的。这些东西都放在半圆形的玻璃罩子里。馆长自豪地带他们看馆里的奇珍异宝,一边走,一边向他们解说。有趣的是,他就没把一件珍宝给说对。

"这些碟子啊,"他指着一堆瓷盘子,说,"是他们玩杂耍用的,他们从一只手里扔到另一只手里,要是没接住,他们的脑袋就开花喽。"

然后,他又指着一个煮蛋器,说是陆地上女王的首饰盒,他们还特意往里放了四只蛋形的翡翠,好叫那些没文化的人一眼就能看出它的用途来。一个银冰桶上标着"陆地马王的饮酒器"。还有一个装着一半雪茄的雪茄盒子，上面写着"装有邪恶魔法的魔法盒，可能属于远古的野蛮人"。除了这些奇怪的标语，别的都跟陆地上的博物馆没什么两样。

他们刚走到一个标着"特别珍贵"的大箱子前，一个信使就匆匆跑了进来，告诉馆长，外面有些士兵，带来了从敌军那儿抢来的珍品。

"不好意思，我走开一下。"馆长说完，就走了。

"是我安排的。"厄尔芬说，"快，在他回来之前，施个法把盔甲从玻璃罩子里拿出来。"

公主笑了，轻轻地把手放在玻璃罩子上，然后啪的一声，罩子就像泡泡一样破了。

"这就是魔法啊？"厄尔芬说。

"不是魔法。"公主说，"你们的罩子本来就是泡泡做的。"

"我竟然从来不知道。"厄尔芬说。

"是呀。"公主狡黠地说，"因为你们从来不敢用手去摸啊。"

他们说话的时候，孩子们已经急急忙忙地把盔甲扯了出来。"这件是凯特琳的。"玛维丝悄声说。

公主一把抓起凯特琳的盔甲，折起来，然后穿上自己的盔甲，把凯特琳的盔甲塞进胸前，说："快穿上你们的，然后拿上美人鱼尾巴。"

孩子们连忙照做了。这时，士兵们发现有人打碎了博物馆里的罩子，纷纷冲过来，想抓住这些闯入者。他们还没明白怎么回事呢，就发现孩子们消失了。空荡荡的罩子前，只剩下了厄尔芬一人。

就在这时，奇怪的事情发生了，空中（或者是水？谁知道呢）漂起了一件小巧的珍珠盔甲。这间盔甲自己罩在了厄尔芬身上，然后，一个看不见的声音说："快穿上。"于是，厄尔芬也照做了。

士兵们已经把他们团团围了起来，公主大喊道："按第三个扣子！"厄尔芬按了，就在他右手碰到纽扣时，最前面的士兵一把抓住了他的左胳膊，厉声喊道："你这个叛徒，我以国王之名逮捕你！"现在，他虽然看不见厄尔芬在哪儿，但他实实在在地抓着厄尔芬的胳膊呢。

"按最后那个扣子，厄尔芬。"隐身的公主又喊道。下一秒，那个士兵就惊恐地发现，手里的胳膊没有了。他低头看着自己的手，样子蠢蠢的。厄尔芬、三个孩子和公主，都在盔甲的魔力下隐身了。那些士兵既看不见他们，也摸不到他们。

但是，孩子们也互相看不见了，摸不着了。

"天哪，你们在哪儿，我在哪儿？"玛维丝大喊道。

"嘘！"公主说，"我们必须依靠声音待在一起，但这样太危险了。我们用法语！"她加了一句，真幸运，这些士兵竟然都不会法语。

五个人一起隐身无形了，他们很轻易就绕开了士兵，向那道拱形门廊走去。公主最先到了，附近没有敌人，因为所有士兵都去了被劫一空的博物馆罩子那儿。他们困惑地讨论着，那个抓住了厄尔芬的士兵一遍一遍地解释着："本来我抓到他胳膊了，然后突然一下，手里就什么都没有了。"他的伙伴们听了，都很努力地想相信他。

"你还在吗？"公主每隔三秒钟，就要问他们一次，像是在通电话一样。

"你还在吗？"公主第二十七次问道。

"在呢，公主。"厄尔芬答道。

"我们必须彼此连起来。"她说，"弄点海草就行了，你拿着一根海草，我可以拿着海草的另一边。我们相互之间是摸不到对方的，但我们可以摸到海草。如果海草绷紧了，就意味着我拿起你那根海草了。给孩子们也弄一点，就用那种很坚韧的、你们用来做网子的海草。"

"公主，"厄尔芬说，"我太后悔了，要不是我发明了网子，你们也不会被抓过来啊。"

"好了，傻孩子。"公主说。厄尔芬的心欢乐地多跳了两下，因为一个公主若是这么说一个成年人，就意味着公主是喜欢他的。"快点拔海草，"公主说，"时间不够了。"

"我口袋里还有点呢。"厄尔芬红着脸说，可惜公主看不见他害羞的样子，"我一有空，他们就会让我编网子，所以我兜里总会带着点儿。"

厄尔芬把海草从兜里掏了出来，在大家看来，就像是空气里突然冒出一团海草一样。盔甲只能让它罩着的东西隐身无形。海草向公主漂了过去，公主抓住海草的一头，紧紧握住。

"你们在哪儿?"一个细细的声音问道。

是玛维丝，很快，弗朗西斯和伯纳德也到了。他们看见了空气里的海草链子，都明白过来，连忙抓住海草的一头。后来，厄尔芬的朋友，那个骑兵队长，带着他的人赶到了。可是，他们谁也看不见，只看见四根海草顺着漂了过去。除非知道内情，否则，谁能想到这四根海草是怎么回事呢。

那四段海草漂进营房，然后漂进了马厩里。没人注意到他们，所以他们很轻易地就解开了五匹海马的缰绳。本该看着海马的士兵们在打动物牌，这些牌是用角鲸的角做的，磨得薄薄的，四角都镶着宝石，好看极了。那些看不见的小手给海马安上马鞍，然后跳上马背，把马往前赶去。

那个不幸的看马人跳了起来，只见五匹坐骑背着马鞍，风一般地跑向了他看不见的远方。这下可好，要追也来不及了。他们还跟之前一样，紧紧握着手里的海草，骑在海马背上跑出城市，向水面游去。

今天是周二，快两点了，贝壳学教授已经准备好，正等着学生们来呢。他坐在一个粉色的珊瑚亭子里，周围摆满了各种简单的贝壳标本。他独自一人待在花园里，公主带着三个孩子和厄尔芬走到他旁边，按了按扣子，现出形来。

"嗨。"教授打了声招呼，似乎一点也不奇怪，"魔法啊，亲爱的，这小把戏做得挺不错。"

"你不用脱下外衣。"教授对厄尔芬说，厄尔芬正要把盔甲脱下，"今天我们要做的是头脑练习，用不着穿运动服。"

但是，厄尔芬还是把盔甲脱了下来，然后递给了公主。公主接过盔甲，摸了摸里面的口袋，从里面掏出一个小金盒，递给了教授。正如之前所说，这世界上（或者说水底下），没什么毒药，会强到让人忘记它的解药。教授刚看见小金盒，就伸出手来。公主把小金盒递给他，他打开盒子，毫不犹豫地把药吞了下去。

下一秒，他就紧紧地抱住了公主，公主刚想开始解释，他就打断了她的话，说："我都知道，孩子。你给我带来了解药，恢复了我的记忆，从此再无贝壳学教授，世间的美人鱼国王又回来了。但是，你为什么没把我的盔甲带来呢？我的盔甲和其他盔甲一样，都放在博物馆里啊。"

没人想到这个，大家都觉得自己蠢极了。没人说话，直到厄尔芬把公主还给他的盔甲又递了过去，说："陛下，你用这件吧，我没有权利用你们国家的魔法。"

"可是，"弗朗西斯说，"你比谁都需要这件盔甲啊。国王可以用我的，你要是让我去跟海底人国王谈判，那我就不需要这件盔甲了。"

"不行，用我的。"玛维丝说。

"用我的吧。"伯纳德也说。

"我父王当然得用我的。"公主说。这话一出，大家都连忙反对。

国王举起手，大家都安静了下来，他们发现，他不仅还跟以前一样博学优雅，而且还恢复了一位国王应有的威严。

"别说了。"国王说，"要是说谁该去跟海底人国王和女王谈话，最合适的人应该是我。瞧，我们可以从后门出去，这样就能避开马上就要来的几千个学生。我的贝壳学课还是很受欢迎的。路上跟我讲讲，这个看起来跟你们一边的海底人是谁，还有你们为什么想跟海底人国王谈谈。"

"我是公主的仆人。"厄尔芬说。

于是，他们赶紧从后门走了出去，免得被贝壳学的学生们撞上。然后，他们小心地爬上海马背，当然了，最强壮最好的那匹海马，被国王骑了。他看见孩子们戴着假尾巴，笨拙地爬上马背的样子，说："女儿，你可以把这些脚镣去掉的。"

"怎么去掉?"她问，"我的贝壳刀切不断啊。"

"用你尖尖的小牙齿，咬断这些线就行了。"国王说，"只有公主的牙齿才足够尖锐。孩子，这可不是丢面子的事。一个真正的公主，只要是为了朋友和子民，不管做什么都不算丢面子。"

于是，美人鱼公主心甘情愿地咬断了所有尾巴上的线，这下，大家都能装上真正的美人鱼尾巴了。人人都很开心，人人都很舒适，他们一起往城里游去。

他们靠近镇子的时候，听见很大的吵闹声，一群海底人飞快地四处奔逃，像是被吓到了一样。

"我必须赶快了。"国王说，"免得来不及和谈。"于是，他们就赶快继续向前了。

越往前，声音越大，逃窜的海底人也越来越多。终于，厄尔芬带着他们来到了占星塔下的拱廊里，他们这才知道海底人为啥逃走。从海底人城市的街道上，走来的是美人鱼的军队，他们穿过敌人的巨大房子，拉着大旗，剑光闪烁。他们都戴着头盔，脸上洋溢着胜利的笑容。这些美人鱼士兵们都骄傲地昂着头，跟在玛雅公主和卢比身后。

"卢比！卢比！我们得救了！"玛维丝大喊道，她刚想冲出去，弗朗西斯就一把拉住她，还捂住了她的嘴。

"嘘！"他说，"你还记得吗，我们答应过，没有女王的允许，绝不逃走。快点，我们快去宫殿和谈，不然美人鱼的军队就要打进去了。"

"你说得很对。"国王说。

厄尔芬焦急地说："没时间搞仪式了，快来，我带你们从商人的入口进去。"然后，他们就远离了在胜利游行的美人鱼军队，向王宫后门走去。

第十二章 **大结局**

　　海底人的女王和国王一起，坐在第二张宝座上。这两张宝座虽然没那么好看，但比王座好看多了。他们的表情很哀伤，只有当他们看见自己的新宠物——人类小女孩菲多时，眼睛里才有点光彩。菲多在玩一只粉红色的海草球，她开心地拍着球，把球扔出去，然后像只小猫一样冲着小球追去。

　　"可爱的小菲多，"女王说，"来这里。"菲多，也就是曾经的凯特琳，乖乖地跑了过去，倚在女王膝边，让女王抚摸着。

　　"有时候，我会做一些奇怪的梦。"女王对国王说，"这些梦很真实，简直就像记忆一样。"

　　"你有没有这种感觉？"国王说，"我们没有童年的记忆，也没有少年时的记忆。"

　　"我觉得，"女王慢慢地说，"我们一定也喝过遗忘药剂。这里没有一个人跟我们一样，如果我们是出生在这里的，为什么我们记不得父母，也没有谁跟我们长得很像？亲爱的，我最常做的梦，是我们曾有过一个孩子，可我们失去了他。那个孩子跟我们很像……"

"菲多……"国王低低地说，"就和我们很像。"他也摸了摸凯特琳的脑袋，她早就忘了一切，只知道她叫菲多，脖子上挂着的项圈上刻着女王的名字。

"如果你记得我们有个孩子，那不会是真的。我们要是真喝过遗忘药水，那么就会把一切都忘掉。"

"遗忘药剂没法让一位母亲忘记自己的孩子。"女王说到这里，抱起菲多，亲了亲她。

"可爱的女王，"菲多说，"我真爱你。"

"我很确定。"女王抱着菲多，说，"我们以前有过一个孩子，但我们被迫忘记了他。"

女王刚陷入沉思，思绪就被外面的窸窸窣窣声打断了。女王擦了擦眼睛，说："进来吧。"

帘子被掀了起来，一个高高的身影走了进来。

"我的天！"海底人国王说，"贝壳学教授！"

"不是。"那个人走上前来，说，"是美人鱼国王。国王兄弟，女王姐妹，你们好。"

"真是意想不到啊！"国王说。

"没关系，亲爱的。"女王说，"我们听听这位陛下要说些什么吧。"

"我想说，让我们两国人和平相处吧。"美人鱼国王说，"无

184

数年来，我们一直打个不停，你们的人民和我们的人民，都一直为之受苦。可是，战争打起来的原因，已经遗失在历史的迷雾里了。现在，我作为你们的囚犯，来到你们面前。我曾经喝下遗忘药剂，忘掉了自己的身份和来历，刚刚我才喝下解药，已经找回了丢失的记忆。我代表我的人民而来，如果我们曾做过对不起你们的事，那我们诚恳地请求你们的宽恕。如果你们曾做过对不起我们的事，我们也愿意原谅你们。来吧，让我们和好吧，让所有大海的孩子们像兄弟姐妹一样相亲相爱，并永远相亲相爱下去吧。"

"这样啊。"海底人国王说，"我觉得这个主意不错。但是，我们两个国王坦诚相对，我想告诉你，我觉得我的头脑似乎没我想象的那么清晰。先生，你的头脑已经尽在你的掌控之中，可我却不敢听从我头脑给出的意见。不过，我的心……"

"你的心是赞同的。"女王说，"我也一样。但是，我们的军队正在围攻你的城市。你这时候要求和好，人们会以为你是害怕惨败，才来求和的。"

"我的人民不会认为我是这种人的。"美人鱼国王说，"你的人民也不会。我们和好吧，让两国和平共处，让两国人民成为亲友吧。"

"外面怎么那么吵？"海地人国王问。的确，外面的叫喊声和歌唱声已经回荡在王宫的角角落落了。

"有没有阳台之类的地方，能让大家都看到我们？"美人鱼国王问道。

"我带你们去。"女王抱起菲多，带着他们向大厅尽头那个挂着巨大门帘的拱廊走去。她掀开海草编成的帘子，向阳台走去，两位国王紧紧跟在她身后。她刚踏上阳台，扫了一眼下面欢呼的人群，就猛地停下来，往后退了两步。她的丈夫不得不伸出一只手扶住她，因为她看起来一副要晕倒的样子。原来，宫殿外的人并不是她想象中突然来朝拜的海底人，而是一群群敌军——讨厌的美人鱼们，他们在外不停地欢呼，庆祝着战争的胜利。

"是敌人！"女王倒抽了一口气。

"是我的子民。"美人鱼国王说，"女王，你真的很伟大。因为你在以为自己胜利的情况下，无条件地答应修好。你并不是知道自己已经被围困的情况下，才勉强答应的啊。我能代表我们几个说几句吗？"

大家都同意了。美人鱼国王往前走了几步，让下面大街上的人都能看见他。

"我的子民们！"他的声音低沉而响亮，却又不失柔和。美人鱼王国的人们听到后，都抬起头来，认出了那个失踪已久的国王，纷纷欢呼起来，那声音，一里外都清晰可闻。

国王举起了手，示意大家安静。

"我的子民们，"他说，"勇敢的美人鱼王国的人民们，我们和海底人，我们和我们勇敢的敌人们，是时候和好了。海底人的国王和女王在以为自己胜利的情况下，同意无条件与我们和平共处。然而，今天胜利的是我们，我们是不是也该回报他们慷慨的决定呢？"

又是一阵欢呼，然后海底人国王也走上前来。

"我的子民们，"他刚开口，海底人就迅速向他的方向走来，"让海底和平吧，让早上的敌人，变成晚上的客人吧。让我们成为永远的兄弟姐妹。如果我们曾做过对不起他们的事，我们就恳求他们的原谅；如果他们曾做过对不起我们的事，我们就恳求他们接受我们的谅解。"（说到这里，他小声地问美人鱼国王："我没说错吧？"美人鱼国王答道："说得好极了！"）

"好了，欢呼吧！"他说，"为了美人鱼王国和海底人王国之间的和平，尽情欢呼吧！"

街道上，不管是海底人还是美人鱼，都开始大声欢呼起来。

"容我说一句，陛下。"厄尔芬说话了，"是这位外来人，弗朗西斯，首先想到两国应该和平共处的主意。"

"没错。"美人鱼国王说，"弗朗西斯呢？"

但是，他们在哪儿都找不到弗朗西斯。于是，所有人只听说了他的英名，却没见到他的人。他一直穿着那件外套，一直按着那颗隐形的按钮，直到人群都散开了，直到城里所有的钟声一同敲响，直到所有的房子上都挂起了海草旗，直到磷光鱼点亮了所有的窗户、门、房顶和墙壁。王宫里举行了一场宴会，国王们和女王，还有公主们，三个孩子，还有凯特琳都参

加了。卢比也被从海胆童子军里召回，邀请到了这场王室宴会上。

宴会棒极了，唯一不尽人意的就是凯特琳还以为自己是菲多，是女王的宠物。她的眼神依然冰冷空洞，让她的兄弟姐妹们不敢看。卢比坐在女王的右手边，他一坐下，眼睛就离不开女王了。他一直跟她说话，态度谦虚，言辞温和。弗朗西斯后来说，他是在美人鱼王国的时候，学会了这种说话的样子，完全看不出他是吉普赛马戏团的出身。海底人的总司令官坐在海底人国王的左手边。两位快乐的公主一左一右坐在她们父亲身边，孩子们则坐在大占星师和博物馆馆长中间。馆长见到孩子们很开心，孩子们也没想到馆长会这么友善。人人都很开心，就连凯特琳也很开心，她正在吃女王盘子里的东西呢。

宴会进行到一半的时候，大家正在为两位总司令官的健康干杯，一位仆鱼走了进来，把他的鱼鳍拢在海底人女王的耳边，悄声说了几句。

"好的，带他进来吧。"

被带进来的是厄尔芬，他带着一件珍珠盔甲，还有一条美人鱼尾巴。他单膝跪下，把手里的东西递给美人鱼国王，还不满地瞥了一眼旁边的外来珍宝博物馆馆长。

国王接过盔甲，摸了摸口袋，从里面掏出三个金色的盒子。

"只有王室的人，口袋里才有三瓶解药。"他笑着对女王说，"为防意外发生，我能请陛下同意，给你的小宠物喝一瓶吗？你肯定也很希望，凯特琳能回到兄弟姐妹身边吧？"

　　女王也只能同意了，虽然要失去凯特琳，她心里十分难过，因为她很喜欢凯特琳。她又很希望能够收养卢比，那样的话，比拥有一只小宠物更好。她亲手喂凯特琳喝下了解药，原本，她以为凯特琳一喝下就会挣脱她，跑去找她的兄弟姐妹。但是，对凯特琳来说，她上一秒记得的是他们刚进大厅，还是囚犯呢。现在，她看见哥哥姐姐们都变成了座上宾，周围的气氛明显很欢乐，而她自己则坐在女王的膝盖上。于是，她更靠近了女王一些，大声说道："玛维丝，嗨！这里的气氛怎么一下变得这么好了？她给我们喝的是什么魔药啊，大家怎么都变成了朋友？亲爱的女王，我真高兴，谢谢你照顾我。"

　　这下，大家都被逗乐了。只有弗莱娅公主有些困惑，又有些难过，她看见厄尔芬鞠了个躬，打算离开王宫。眼看着他马上就要出门了，她连忙对身边的父亲说："父亲，别让他这么走啊。他也该享受这个宴会的，没有他，我们什么都做不成。"

　　"说得很有道理。"国王说，"我们邀请过他，可他拒绝了。"

　　"拒绝？"公主说，"快让他回来！"

　　"要是我能跑，我就跑着去了。"玛维丝说着，滑下座椅，向门口追去。

　　"你能坐得离我近一些吗，父王？"玛雅公主挤着眼睛说，"这样，那个小伙子就能坐在你和妹妹之间了。"

　　于是，被玛维丝追回来的厄尔芬就坐在了这里，这是他一辈子都没敢想的位置。

这场宴会看起来怪怪的，因为美人鱼族都美极了，孩子们也和任何人类小孩一样可爱，海底人的国王和女王也都漂亮极了。但海底人就不一样了，他们看起来很笨拙。不过，气氛还是很好的，这些高大的海底人坐在桌边，不停地向原来的敌人们敬酒。

弗莱娅公主和厄尔芬之间的对比尤其明显，他们坐在一起，说话的时候几乎头挨着头。

"公主，"他说，"明天，你就要回到你的王国了，到时候我就再也见不到你了。"

公主也不知道该说些什么，因为她觉得他说的是真的。

"可是，"厄尔芬又说，"我很高兴，因为我此生能够认识一位如此漂亮可爱的公主。"

公主还是不知道该说什么。

"公主，"厄尔芬问，"告诉我，如果我是位王子，我该对你说什么？"

"如果你是位王子，亲爱的，我就知道你该说什么，而我又该答什么。可惜，要是你生在美人鱼王国，就算只是一位平民也好。我是说，如果你长得和我们一样……可你是海底人，我是美人鱼，我只能说我永远不会忘记你，我这辈子也不会嫁给别的人。"

"只是因为我和你长得不一样，所以你就不能嫁给我？"他突然有些激动。

"是啊。"公主轻声说。

厄尔芬跳了起来,大喊道:"陛下,大占星师,这一刻终于到来了。我们正和朋友一起欢宴,是不是该摘下我们的面具了?"

除了海底人外,大家都交换着惊异的眼神。

大占星师和两位领袖点了点头,然后,大厅里一片窸窸窣窣声,海底人纷纷开始脱盔甲和头盔,在美人鱼眼里,他们简直像是在脱自己的皮一样。可是,海底人脱下来的,其实只是布满鳞片的厚盔甲,他们都在里面穿着华丽柔软的衣服,而且长得和美人鱼并没有什么两样。

"天哪!"玛雅公主说,"太厉害了,没想到你们一直穿着盔甲啊,我们还以为你们就长这样呢。"

海底人大笑起来,说:"我们在你们眼里是一直穿着盔甲啊,因为每次你们见到我们的时候,都是打仗的时候。"

"你和我们是一样的!"弗莱娅公主对厄尔芬说。

"没人和你一样。"他低声说。现在的厄尔芬,是个英俊的黑发青年,看着比一般的王子更像王子了。

"你刚说的都是真心的吗?"弗莱娅公主低声问道。厄尔芬没有直接回答,而是轻轻握住了弗莱娅公主的手。

"父王。"弗莱娅公主说,"我能嫁给厄尔芬吗?"

"当然可以!"美人鱼国王当场就宣布要将弗莱娅公主嫁给

厄尔芬，并亲自把他们的手握在了一起，并郑重地表达了他的祝福。

然后，海底人的女王说："不如让这两位来统治海底人王国吧！让我们找回失去的记忆，回到我们原本的人生中去，我记得，在那里我们曾有个孩子。"

"我觉得，"玛维丝说，"现在一切都好了，我们是不是该考虑考虑回家的事了？"

"我只剩一瓶解药了。"美人鱼国王说，"要是你们的人民同意你们退位，我倒是可以把解药给你们，国王和女王，你们可以平分一瓶。我相信，这些足够让你们忘记这里的事情，想起原本的生活。"

"我们能带走卢比吗？"女王问道。

"不行。"美人鱼国王说，"但是，他可以跟你们一起返回陆地。"

大占星师本在跟卢比讲话，这时也抬起头来。

"可以的，陛下们。"他说，"但是，能让这些孩子们喝一小口遗忘药剂吗？这样，他们就能忘记在这里发生的一切了。让陆地上的人知道，海底还生活着我们，恐怕不太好。我们国家珍藏着一个圣器，我建议，把这个圣器献给这些孩子们，作为我们的感谢。他们一旦到了陆地上，就得立刻喝下里面的遗忘药剂。"

说完，他就让人去取圣器了。孩子们发现，那不过是个石头做的生姜啤酒瓶子。

"我们真的得回去了。"玛维丝又说了一遍。

于是，大家开始道别。他们先是和可爱的公主们说了再见，然后是幸运的厄尔芬，最后他们又一起静静地去看一眼那片孤水，在那里，美人鱼国王当了很久的贝壳学教授。

到了之后，美人鱼国王对海底人国王和王后说："吞下这个，你们一人一半。然后，你们游到湖面上，说出之前孩子们告诉你们的那个咒语。然后，剩下的事情就简单了。我们永远不会忘记你们，就算你们的脑子不记得了，但在你们的心底深处，也永远会有我们的影子。再见了。"

国王和王后很快就从水里消失了。

然后，一阵强烈的吸引力，就像磁铁一样，把孩子们从美人鱼王国身边吸走了。他们闭上眼睛，等再睁开的时候，他们发现自己已经在陆地上了。这里是湖边的一片树林，弗朗西斯手里还攥着那个生姜啤酒瓶。女王和国王一定是刚到，就立刻念了召唤孩子们的咒语。

"大占星师说，在陆地上，药剂生效要慢得多。"卢比说，"在我们喝掉药剂、忘掉一切之前，我想说，你们都是我的好朋友。如果你们不介意的话，我要脱掉这件女孩的衣服了。"

说着，他就脱了女孩的衣服，穿着自己原本的衬衣和灯笼裤。

"再见了。"他说着，和每个人握了握手。

"你不和我们一起回家吗？"

"不了。"他说，"大占星师说，我在陆地上遇见的第一个男人和第一个女人，就是我的亲生父母。我要往前走，带着我保存了这么久的小衬衣和小鞋子，就是我被偷走的时候穿着的那身衣服。他们一定能认出我的，到时候我们就团聚了。不过，我还是希望，以后能再遇见你们。再见了，谢谢你们，能当上海胆军的将军真是太棒了。"

然后，他们都喝了一点啤酒瓶里的药剂，然后赶紧出发，他们要在忘记大占星师的建议前做完所有事情。卢比直接走出了林子，来到了一片洒满阳光的空地上。他们看见，他在和一男一女讲话。那对男女穿着蓝色的浴袍，像是刚游完泳一样。这对男女正在大理石台阶上休息。卢比拿出了小衬衣和小鞋子，而那对男女则紧紧地抱住了他。他们转过身来的时候，孩子们看见了他们的脸，是海底人的国王和女王。他们脸上的表情不再哀伤，而是洋溢着快乐，因为他们终于找到了自己的儿子。

"当然了，"弗朗西斯说，"那边的时间不一样，他们可能刚开始游泳，而水下发生的所有事情，对他们而言，可能刚过了一秒而已。"

"卢比真是他们的孩子？"

"看来他们是这么觉得的。我觉得，很有可能是真的，你看女王一开始就对他那么好。"

然后，遗忘药剂起效果了。他们就这样，永远忘记了在那个奇妙世界里发生的一切，忘掉了美丽的萨布丽娜，忘掉了马戏团，也忘掉了他们救过的美人鱼。

但奇妙的是，他们并没有忘记卢比。他们回到家，赶上了喝茶的时间，还给爸爸妈妈讲了一个有趣的故事，一个关于戴亮片帽的小男孩的故事。他从马戏团逃走了，找到了自己的亲生父母。

两天后，一辆车停在了门口，卢比来拜访他们了。

"我找到了爸爸妈妈，这次，我们是来一起感谢你们的，谢谢你们的李子派，还有其他的一切。你们从灌木里，把碟子和勺子拿回来了吗？来见见我爸妈吧。"说到这里，他脸上的表情可自豪了。

孩子们跟着他去了，他们看见的，还是海底人国王和女王那两张熟悉的脸庞，可他们一点也认不出来了，仿佛从未见过一样。对现在的他们来说，这是两张亲切的陌生人的脸。

"卢比真幸运，他现在应该很快乐吧，你们觉得呢？"玛维丝问道。

"是啊。"伯纳德说。

"没错。"凯特琳说。

"要是艾妮德姑妈让我把水族箱带来就好了。"弗朗西斯说。

"没关系。"玛维丝说，"等我们回家的时候，总能带点海边的纪念品回去的，还能带回一堆麻烦事。"

谁能说不是呢？

图书在版编目(CIP)数据

水巫/(英)伊迪丝·内斯比特著;(英)哈罗德·
罗伯特·米勒绘;魏思颖译.—杭州:浙江少年儿童
出版社,2019.6
（内斯比特儿童幻想小说）
ISBN 978-7-5597-1273-8

Ⅰ.①水… Ⅱ.①伊… ②哈… ③魏… Ⅲ.①儿童小
说－中篇小说－英国－现代 Ⅳ.①I561.84

中国版本图书馆 CIP 数据核字(2019)第 056646 号

内斯比特儿童幻想小说

水巫
SHUIWU

[英]伊迪丝·内斯比特/著
[英]哈罗德·罗伯特·米勒/绘
魏思颖 /译

特约策划　稻草人童书馆
责任编辑　陈小霞
装帧设计　艺诚文化
封面绘图　魏　宾
责任校对　苏足其
责任印制　王　振

浙江少年儿童出版社出版发行
　（杭州市天目山路 40 号）
浙江超能印业有限公司印刷
全国各地新华书店经销
开本 880mm×1230mm　1/32
印张 6.25
字数 119000
印数 1－8000
2019 年 6 月第 1 版
2019 年 6 月第 1 次印刷
ISBN 978-7-5597-1273-8
定价：25.00 元
（如有印装质量问题，影响阅读，请与购买书店联系调换）
　承印厂联系电话：0573-84191188